홍길동전

홍길동전

서해문집 청소년 고전문학 001

초판 1쇄 인쇄 2021년 12월 1일
초판 1쇄 발행 2021년 12월 10일

지은이   허균
풀어옮긴이   설흔
해 설   김영희
그린이   달상
펴낸이   이영선
책임편집   이현정

편집   이일규 김선정 김문정 김종훈 이민재 김영아 김연수 이현정 차소영
디자인   김회량 이보아
독자본부   김일신 정혜영 김민수 박정래 손미경 김동욱

펴낸곳 서해문집 | 출판등록 1989년 3월 16일(제406-2005-000047호)
주소 경기도 파주시 광인사길 217(파주출판도시)
전화 (031)955-7470 | 팩스 (031)955-7469
홈페이지 www.booksea.co.kr | 이메일 shmj21@hanmail.net

ISBN 979-11-92085-01-2 43810

홍길동전

서해문집
청 소 년
고전문학

001

허균 지음
설흔 풀어옮김
김영희 해설
달상 그림

서해문집

머
리
말

고전은 오랫동안 많은 사람에게 널리 읽히고 모범이 될 만한 문
학이나 예술 작품입니다. 《홍길동전》은 이러한 정의에 완벽하게
들어맞습니다. 수많은 이들이 읽어 왔을 뿐만 아니라 적서 차별,
빈민 구제, 이상적인 나라 건설 등을 이야기하고 있어 지금 우리에
게도 생각할 거리를 던져 줍니다. '살아 있는 고전'이라는 표현에
어울리는 작품이지요.

이런 《홍길동전》이니만큼 여러 판본이 존재합니다. 독자가 자
신이 사는 시대와 상황에 맞게 조금씩 바꾸어 쓰는 일들이 일어났
다는 뜻입니다. 인기 있는 고전소설의 중요한 특징이기도 하지요.
그렇기에 여러 판본을 비교해 가며 읽는 것은 《홍길동전》에 대한
꽤 흥미로운 접근법입니다.

이 책에서는 두 가지 판본을 소개합니다. 전주에서 발간된 '완판 36장본'과 서울에서 발간된 '경판 30장본'입니다. 큰 흐름은 비슷하지만 자세한 부분에서는 제법 차이가 납니다. 제 느낌을 간단히 말씀드리면, 완판 36장본은 화려하고 경판 30장본은 소박합니다. 전자가 사회 구조 비판에, 후자가 개인의 욕망에 초점을 맞추었다는 분석도 있으니 직접 판단해 보시기 바랍니다.

여러분에게 유독 절실히 다가오는 문제에 집중해서 읽는 것도 좋은 방법이라 하겠습니다. 저의 경우에는 소년 길동의 나이가 제일 먼저 눈에 들어왔습니다. 완판본에 따르면, 길동이 아버지와 형을 아버지와 형이라 부르지 못하는 비참한 현실을 뼈저리게 느끼는 나이는 여덟 살이며, 자객을 죽이고 홀로 집을 떠나는 나이는 열한 살입니다. 옛사람들이 나이에 비해 정신적·육체적 발달이 일렀다는 점을 고려해도 지나치게 빠르지요. 저는 이 부분을 부당한 사회 구조가 길동의 소년기를 빼앗아버렸다고 해석했습니다. 길동에게서 소년의 모습이 전혀 느껴지지 않는 이유겠지요. 물론 이것은 하나의 예일 뿐입니다.

유명한 고전이라고 모든 것을 다 수긍하는 마음으로 읽을 필요는 없다는 점 또한 말씀드립니다. 《홍길동전》에는 우리가 받아들이기 어려운 내용이 많습니다. 작품 후반부로 가면 길동은 사람과 비슷한 짐승을 잔인하게 죽이고, 부인을 여럿 들이고, 이웃 국가를 침략합니다. 문제가 있다고 할 수 있는 행동이기도 하고 전반부의 진지한 고민과 잘 연결되지 않기도 합니다. 이러한 내용이 등장한 이유를 생각해 본다면 깊이 있는 독서가 될 것입니다.

고전소설 본연의 모습을 조금이라도 더 느낄 수 있도록 원문에는 거의 손을 대지 않았습니다. 어려운 단어를 쉽게 바꾸고, 긴 문장을 짧게 나눈 것이 제가 한 일의 전부입니다. 이 책을 통해 독자 여러분이 《홍길동전》을 새로 읽고 새로 느낀다면 그보다 더 큰 보람은 없겠습니다.

설흔

완판

36장본

청룡이 깃든 아이

조선국 세종대왕께서 즉위하신 지 십오 년, 창경궁 홍화문 밖에 한 재상이 있었다. 성은 홍, 이름은 문. 청렴 강직하고 덕망이 높은 한 시대의 영웅이었다. 일찍 벼슬길에 올라 한림에 이르니 능력을 인정하신 임금께서 벼슬을 올려 이조판서와 좌의정에 봉하셨다. 감동한 승상은 충성으로 나라의 은혜를 갚았다. 사방에 아무런 일이 없었고, 도적이 사라졌다. 해마다 풍년이 들어 나라가 태평했다.

하루는 승상이 난간에 기대어 잠깐 졸았다. 서늘한 바람이 반기는 길을 걷다 어느 곳에 이르니 푸른 산은 하늘 높이 솟았고, 초록빛 물은 넘칠 듯 출렁거렸다. 가느다란 버들 천만 가지에 깃든 녹음이 가볍게 춤을 추었고, 황금 꾀꼬리는 봄의 흥취를 즐기며 버드나무 사이를 오갔다. 아름다운 꽃과 풀이 곳곳에 피고 자랐다. 푸르고 흰 학, 물총새와 공작새가 봄빛을 자랑했다.

승상은 경치를 구경하며 점점 깊숙이 들어갔다. 한없이 높은 절벽은 하늘에 닿았고, 굽이굽이 흐르는 푸른 골짜기마다 폭포가 있어 황홀한 오색구름을 만들었다. 갑자기 길이 끊어졌다. 승상이 갈 곳을 몰라 당황하는데 청룡이 물결을 헤치고 머리를 들어 산골짜기가 무너질 듯 고함을 질렀다. 용이 입을 벌리고 토한 기운이 승상의 입으로 쑥 들어왔다.

잠에서 깨어나 생각해 보니 평생에 한 번 꾸기도 힘든 엄청난 꿈이었다. 마음속으로 '반드시 군자를 낳으리라' 하고 곧바로 내당에 갔다. 몸종을 물리치고 부인을 이끄는데 부인이 얼굴빛을 엄하게 하고 말했다.

"승상은 한 나라의 재상입니다. 대낮에 저를 기생 대하듯 하시니 재상의 체면은 어디로 갔습니까?"

승상이 생각해도 부인의 말은 당연했다. 하지만 이유를 입 밖에 냈다간 좋은 꿈을 헛되게 만들까 두려워 계속해서 간청했다. 부인은 아예 옷을 여미고 밖으로 나가버렸다. 승상은 부인의 도도한 고집이 무안하면서도 안타까워 끝없이 한탄하며 외당으로 나왔다. 때마침 몸종 춘섬이 상을 올리니 주위가 고요한 틈을 타 춘섬을 이끌고 정을 나누었다. 화는 어느 정도 풀렸으나 마음은 아무래도 불편했다.

춘섬은 비록 천하게 태어났지만 재주와 덕이 순수하고 곧았다. 승상의 위엄을 감히 어기지 못하고 순종한 후로는 중문 밖 출입을

삼가고 행동을 올바로 하며 지냈다. 바로 그달에 태기가 있었다. 열 달을 채우자, 춘섬의 방에 영롱한 오색구름이 나타나고 기이한 향기가 풍겼다. 진통 끝에 용모가 뛰어난 사내아이를 낳았다. 삼 일 후에 승상이 들어와 살피고 기뻐했으나 천한 몸에서 난 것을 안타깝게 여겼다. 아이 이름을 길동으로 지었다.

깊은 한을 품고서

아이는 자라면서 더 영특해졌다. 말 하나를 들으면 열을 알았고, 한 번 보면 모르는 것이 없었다. 하루는 승상이 길동을 데리고 내당에 들어가 부인에게 탄식하며 말했다.

"이 아이가 영웅의 조건을 갖추었으나 천한 몸에서 태어났으니 쓸데가 없습니다. 원통합니다, 부인의 고집이. 진실로 후회가 됩니다."

부인이 그 까닭을 물으니 승상이 두 눈썹을 찡그리며 대답했다.

"부인이 전에 내 말을 들었으면 이 아이는 부인 몸에서 태어났을 것입니다. 어찌 천하게 되었겠습니까?"

승상은 비로소 꿈 이야기를 들려주었다. 부인이 실망하고 슬퍼하며 말했다.

"하늘이 정한 운수이니 사람의 힘으로 어찌하겠습니까?"

세월이 물과 같이 빠르게 흘러 길동의 나이 여덟 살이 되었다. 위아래 그 누구도 칭찬하지 않는 사람이 없고 대감도 사랑했으나, 아버지와 형을 아버지와 형이라 부르지 못해 한이 맺힌 길동은 천한 몸으로 태어난 것을 가슴 깊이 한탄했다.

칠월 보름날, 밝은 달을 바라보며 뜰 안을 이리저리 걸어 다녔다. 가을바람은 쌀쌀했고 기러기 우는 소리는 외로운 마음을 두드렸다. 길동이 홀로 탄식하며 말했다.

"대장부가 세상에 태어났으면 공자와 맹자의 학문을 배워 장수나 재상이 되어야 하지 않겠는가? 대장의 도장을 허리에 차고 단상에 높이 앉아 천병만마를 지휘하며, 남으로는 초나라를 치고 북으로는 중원을 평정하고 서로는 촉나라를 쳐 업적을 이룬 후에, 얼굴을 기린각麒麟閣*에 걸고 이름을 후세에 전함이 대장부의 떳떳한 일이다. '왕후장상王侯將相의 씨가 따로 없다'는 옛사람의 말은 나를 두고 하는 말인가? 가난하고 천한 사람들도 아버지와 형을 제대로 부르는데, 나 홀로 그러지 못하니 내 인생은 왜 이러한가."

길동은 억울하고 답답한 마음에 칼을 잡고 달 아래서 춤을 추며 슬픈 기운을 감추지 못했다. 이때 승상이 밝은 달을 보러 창을 열고 기대어 앉다가 길동을 보고는 놀라서 물었다.

"밤이 이미 깊었는데 너는 뭘 하느냐?"

* 기린각 　나라에 공을 세운 신하의 초상을 걸어 놓은 누각

길동이 칼을 던지고 엎드려 대답했다.

"대감의 정기를 받아 당당한 남자로 태어났으니 이만한 즐거운 일도 없습니다. 다만 아버지와 형을 아버지와 형이라 부르지 못하니 평생 서럽습니다. 종들마저 저를 우습게 보고, 친척과 오랜 친구들 또한 저를 손가락질하며 아무개의 천한 자식이라고 말합니다. 이런 원통한 일이 어디에 있겠습니까?"

말을 마친 길동이 큰 소리로 통곡했다. 대감은 속으로 가엾게 여겼으나 그 마음을 위로하면 방자하게 굴까 염려해 꾸짖었다.

"재상가의 천한 몸종에게 태어난 자식이 너 하나뿐이더냐? 그런 방자한 마음은 아예 먹지 마라. 또 그런 말을 함부로 한다면 다시는 너를 보지 않겠다."

길동은 그저 눈물만 흘리며 엎드려 있을 뿐이었다. 대감이 물러가라 말하자, 길동이 어머니를 찾아 붙들고 통곡하며 말했다.

"소자와 전생에 인연이 있어 이 세상에서 모자가 되었으니 낳아 길러 주신 은혜가 하늘과 같이 크고 넓습니다. 남자가 세상에 태어났으면 입신양명立身揚名해 위로 제사를 받들고, 부모께서 길러 주신 은혜를 만분의 일이라도 갚아야 하는 법인데, 천하게 태어난 이 몸은 팔자가 사납고 복이 없어 남의 천대를 받습니다. 대장부가 어찌 구차하게 처지에 맞추어 살며 후회하겠습니까? 당당히 조선국 병조판서 도장을 차고 상장군이 되지 못할 바에는 차라리 산으로 들어가 세상의 영예와 치욕을 잊고자 합니다. 엎드려 바라건대 어머니께서는 자식의 사정을 살피셔서 아주 버린 듯이 잊고 계십시오. 훗날 소자가 돌아와 은혜를 갚을 날이 있을 테니 그렇게만 알고 계십시오."

말을 마친 길동은 도도했다. 슬픈 기색은 전혀 없었다. 어머니가 길동의 태도를 보고 타이르며 말했다.

"재상가의 천한 몸에서 태어난 자식이 너뿐이더냐? 무슨 말을 들었기에 어미의 간장을 이렇게 아프게 하느냐? 내 얼굴을 보아 그대로 있거라. 대감께서 알아서 조처해 주실 것이다."

길동이 대답했다.

"아버지와 형의 천대는 그렇다고 해도, 종과 어린아이 들에게서 들리는 말이 매일같이 골수에 박힙니다. 게다가 요즈음 곡산 어미를 살펴보니, 자기보다 나은 사람을 미워해 아무 잘못도 없는 우리 모자를 원수같이 보고 죽일 뜻을 품었습니다. 오래지 않아 눈앞에 큰 재앙이 닥칠 듯합니다. 하오나 소자 집을 떠난 후에라도 어머니께 후환이 미치지 않도록 하겠습니다."

어머니가 말했다.

"네 말이 그럴듯하나, 곡산 어미는 어질고 후덕한 사람이다. 어찌 그런 일이 있겠느냐?"

길동이 말했다.

"세상일은 헤아리기 어렵습니다. 소자의 말을 흘려듣지 마시고 앞날을 보십시오."

초낭의 음모

곡산 어미 초낭은 원래 곡산 기생으로 있다가 대감의 사랑을 받는 첩이 되었는데, 성격이 제멋대로고 건방졌다. 마음에 맞지 않으면 종이라도 거짓말로 헐뜯어 끝을 보았다. 사람이 잘못되면 기뻐했고 잘되면 시기했다. 대감이 용꿈을 꾸고 길동을 얻은 것을 다들 칭찬하고 대감 또한 길동을 사랑하니, 대감의 총애를 빼앗길까 늘 걱정했다. 대감이 이따금 농담 삼아 "너도 길동 같은 자식을 낳아 내 노년 재미를 도우라" 하는 말도 듣기에 무안했다. 그 와중에 길동의 이름이 여러 사람의 입에 오르내리자 시기심은 더욱 커졌다. 길동 모자를 눈엣가시처럼 미워하던 초낭은 서둘러 해치워야겠다는 흉한 마음을 먹었다. 요사스러운 무녀 등에게 재물을 주곤 날마다 불러 음모를 꾸몄다. 한 무녀가 말했다.

"동대문 밖에 관상을 보는 계집이 있는데 사람의 상을 한 번 보면 평생의 길흉화복을 알아낸다고 합니다. 불러서 약속을 정하고 대감께 추천해 집안의 전후사를 눈으로 본 듯이 말하게 한 후, 길동의 상을 보고 여차여차 아뢰어 대감의 마음을 놀라게 하면 낭자의 소원을 이룰 수 있습니다."

크게 기뻐한 초낭은 곧바로 관상녀를 불러들였다. 재물을 안겨주며 대감 댁 일을 낱낱이 가르치고 길동을 없애기로 약속을 정한 후, 날을 기약하고 돌려보냈다.

하루는 대감이 내당에 들어가 길동을 불러 놓고 부인을 보며 말했다.

"이 아이에게 영웅의 기상이 있으나 도대체 어디다 쓰겠습니까?"

농담을 즐기던 중 한 여자가 들어와 대청 아래에서 인사를 올렸다. 이상하게 여겨 이유를 물었더니 여자가 엎드리며 말했다.

"소녀는 동대문 밖에 사는데, 어린 나이에 도인을 만나 관상 보는 법을 배웠습니다. 도성 안의 집들을 두루 돌아다니며 관상을 보다 대감 댁에 만복이 있다는 소리를 듣고 천한 재주를 시험하러 왔습니다."

대감이 요사스러운 무녀와 문답을 주고받을 이유는 없었으나, 길동을 놀린 뒤라 웃으며 말했다.

"어찌 되었건 가까이 올라와 내 평생을 정확하게 이야기해 보라."

몸을 굽히고 대청에 올라온 관상녀가 대감의 상을 살핀 후 이미 지난 일들을 또렷하고 자세하게 아뢰고 앞일도 눈으로 본 듯이 이야기하니, 털끝만치도 대감의 마음에 어긋나는 것이 없었다. 대감이 크게 칭찬하자 곧이어 집안사람의 상을 말했다. 이번에도 낱낱이 본 듯하고 헛된 말은 한 마디도 없었다. 대감과 부인과 좌중의 사람들이 푹 빠져서는 신이 내린 재주라고 평했다. 끝으로 길동의 상을 본 관상녀는 칭찬의 말로 시작했다.

"소녀가 여러 고을 수천수만의 사람을 보았지만, 공자와 같은 상은 처음입니다. 조심스럽게 말씀드리면 부인께서 낳은 자식은 아닌 듯합니다."

대감이 사실대로 털어놓았다.

"네 말대로다. 사람마다 길흉과 영예와 치욕의 때가 있으니 이 아이의 상을 잘 보고 제대로 말하라."

관상녀가 길동을 자세히 보곤 놀라는 척했다. 이상하게 여겨 이유를 물어도 대답하지 않았다. 대감이 말했다.

"길흉을 털끝만치도 숨기지 말고 보이는 대로 말해서 의혹이 없게 하라."

관상녀가 대답했다.

"이 말씀을 바로 드리면 대감께서 놀라실까 염려합니다."

대감이 말했다.

"팔자 좋기로 유명한 곽분양 같은 사람도 길한 때가 있고 흉한 때가 있었는데 무슨 여러 말을 하느냐. 관상법에 보이는 그대로 솔직하게 말하라."

관상녀가 주저하다 길동을 내보낸 후에 조용히 아뢰었다.

"공자께 일어날 일을 간단히 말씀드리겠습니다. 성공하면 군왕이고, 실패하면 상상도 못할 엄청난 재앙이 있을 것입니다."

무척 놀란 대감은 한동안 말을 잊었다. 간신히 마음을 다잡고는 관상녀에게 후하게 상을 내리며 말했다.

"이 같은 말을 입 밖에 내지 마라."

엄히 분부하고,

"길동이 늙도록 바깥출입을 못하게 해야겠다" 하니 관상녀가 말했다.

"왕후장상의 씨가 어찌 따로 있겠습니까?"

대감이 여러 번 당부했다. 관상녀는 손을 모으고 말대로 할 것을 약속하고 나갔다.

대감은 관상녀의 말을 들은 후로 매일 근심하며 한 가지 생각에만 골몰했다.

'본래부터 평범한 놈은 아니었다. 천하게 태어난 것을 한탄해 분에 넘치는 마음을 먹으면, 대대로 나라에 충성하고 은혜에 보답했던 일이 쓸데없고 엄청난 화가 우리 가문에 미치리라. 미리 저 아이를 없애 가문의 화를 덜어야 하겠으나 인정이 있어 차마 못할

일이로구나.'

생각이 이러하니 좋게 넘길 방법이 없었다. 마음에 병이 들어 먹어도 맛을 모르고 잠을 자도 편하지 않았다. 초낭이 분위기를 살피다 틈을 타서 여쭈었다.

"길동이 관상녀 말대로 왕의 기운을 갖고 있어 분수에 넘치는 짓을 저지르면, 가문에 닥칠 화는 헤아리기도 어렵습니다. 저의 어리석은 생각을 말씀드립니다. 조금 꺼려지더라도 큰일을 생각하시어 길동을 미리 없애십시오."

대감이 크게 꾸짖었다.

"경솔히 할 말이 아닌데, 네 어찌 입을 지키지 못하느냐? 우리 가문의 운명은 네가 관여할 바가 아니다."

초낭은 무서워서 대감께 더 말 못하고, 내당에 들어가 부인과 대감의 맏아들에게 여쭈었다.

"대감이 관상녀의 말씀을 들으신 후 고민하시다 드시지도 못하고 주무시지도 못하더니 병환이 나셨습니다. 소인이 일전에 이러이러한 말씀을 아뢰었는데 꾸중을 하시기에 다시 여쭙지 못했습니다. 대감의 마음을 살펴보니 대감께서도 길동을 미리 없애고자 하시나 차마 못하시는 듯합니다. 미련한 소견으로는 길동을 먼저 없애고 대감께 아뢰면, 이미 저질러진 일이라 대감께서도 받아들이시고 근심을 멈추실 것입니다."

부인이 눈살을 찌푸리며 말했다.

"일로 치면 그러하겠지만 인정과 도리에 어긋나 차마 할 바가 아니다."

초낭이 다시 여쭈었다.

"이 일은 여러 가지와 관계가 있으니, 첫째는 국가를 위함이고, 둘째는 대감의 병세를 위함이요, 셋째는 홍 씨 가문을 위함입니다. 작은 사정만 따지고 큰일은 생각지 않으시다 후회할 만한 일이 일어나면 그때는 어떻게 하오리까?"

온갖 방법으로 부인과 대감의 장자를 설득하니, 두 사람이 마지못해 허락했다. 초낭은 속으로 즐거워하면서 밖으로 나와 특자라는 자객을 불렀다. 이야기를 다 전한 후 은화를 듬뿍 주고 오늘 밤당장 길동을 해치기로 약속을 정했다. 다시 내당에 들어가 부인 앞에서 그 사실을 고했다. 부인이 듣고 발을 구르며 못내 슬프고 아깝게 여겼다.

집을 떠나다

이때 길동의 나이 열한 살이었다. 기골이 장대하고 용맹이 뛰어났다. 《시경》과 《서경》과 제자백가의 책을 모두 알았으나, 대감이 바깥출입을 막은 후로는 홀로 별당에 머물며 손자와 오자의 병법을 완전히 익혔다. 귀신도 헤아리기 어려운 술법은 물론이고 천지조화를 품어 바람과 구름과 둔갑술의 신을 마음대로 부려 신출귀몰하는 술법에 통달하니 세상에 두려운 것이 없었다.

이날 밤 삼경* 무렵이었다. 길동이 책상을 치우고 잠자리에 들려는데, 창밖에서 까마귀가 세 번 울고 서쪽으로 날아갔다. 길동이 놀라며 징조를 풀었다.

"까마귀가 세 번 '객자와 객자와' 하고 서쪽으로 날아가니 분명 자객이 오리라. 누가 나를 해치려 하는가? 몸을 보호할 대책을 세

* 삼경 밤 11시~새벽 1시

26

위야겠다."

방 안에 여덟 가지 진陣*을 치고 방위를 바꾸었다. 가운데에는 바람과 구름을 넣어 조화를 무궁하게 벌여 놓고 때를 기다렸다.

이때 비수를 든 특자는 별당 그늘에 몸을 숨기고 길동이 잠들기를 기다렸다. 난데없이 까마귀가 창밖에 와 울고 가자 속으로 크게 의심하며 중얼거렸다.

"이 짐승이 뭘 안다고 천기를 누설하는가? 길동은 실로 평범한 사람이 아니겠구나. 분명 뒷날에 크게 쓰이리라."

특자는 그냥 돌아가려다 은화에 욕심이 났다. 자기 몸을 생각하지 못하고 시간이 흐른 후 몸을 날려 방 안으로 들어갔다. 길동은 간 데가 없었다.

한 줄기 거센 바람이 일었다. 곧바로 천둥 번개가 천지를 뒤흔들고 구름과 안개가 짙게 깔려 방향을 구별할 수 없었다. 좌우를 살펴보니 수많은 봉우리와 골짜기가 앞을 막았고, 바닷물이 흘러 넘쳐 정신을 차리지 못했다. 특자가 속으로 생각했다.

'분명 방 안으로 들어왔는데 웬 산이며 웬 물인가?'

갈 곳을 몰라 헤매는데 갑자기 옥피리 소리가 들려왔다. 푸른 옷을 입은 소년이 백학을 타고 공중을 날며 말했다.

---

* 여덟 가지 진 길동은 남방 이허중을 북방 감중련으로, 동방 진하련을 서방 태상절로, 건방 건삼련을 손방 손하절로, 곤방 곤삼절을 간방 간상련으로 옮겼다. '이허중' '감중련' 등은 괘(인간과 자연의 변화 원리를 상징하는 기호)의 이름이다.

"너는 어떠한 사람이기에 이 깊은 밤에 비수를 들고 누구를 해치려 하느냐?"

특자가 대답했다.

"네가 분명 길동이겠구나. 나는 네 아버지와 형의 명령을 받고 너를 죽이러 왔노라."

비수를 들어 던지자 길동이 사라지고 음산한 바람이 크게 불었다. 벼락이 땅을 흔들었고 하늘은 살기로 가득했다. 특자는 겁에 질려 칼을 찾으며 말했다.

"남의 재물을 탐내다가 사지에 빠졌구나. 누구를 원망하고 누구를 탓하겠는가?"

길게 탄식하는 특자 앞에 길동이 칼을 들고 나타나 공중에서 외쳤다.

"보잘것없는 자는 들어라. 재물을 탐내 죄 없는 사람을 죽이려 하니 지금 너를 살려 주면 뒷날 죄 없는 사람이 수도 없이 상하리라. 내 너를 어찌 살려 보내겠는가?"

특자가 애걸하며 말했다.

"소인의 죄가 아니라 공자 댁 초 낭자가 꾸민 짓입니다. 바라옵건대 가련한 목숨을 살려 주시면 앞으로는 착하게 살겠습니다."

길동이 더욱 화를 이기지 못해 말했다.

"너의 악행이 하늘에 사무쳤기에 오늘날 내 손을 빌려 악한 무리를 없애는 것이다."

말을 마친 길동은 특자의 목을 쳐버리고 신을 불렀다. 동대문 밖 관상녀를 잡아 오게 해서는 죄를 하나씩 따지며 물었다.

"요망한 년이 재상가를 드나들며 사람의 목숨을 해치니 네 죄를 네가 아느냐?"

집에서 자던 관상녀는 바람과 구름에 휩싸여 어디로 가는 줄도 모르다가, 길동이 꾸짖는 소리를 듣고 애걸하며 말했다.

"이는 다 소녀의 죄가 아니라 초 낭자가 가르쳐 준 대로 한 것입니다. 바라옵건대 넓고 너그러운 마음으로 용서해 주소서."

길동이 말했다.

"초 낭자는 내 의붓어미라 어찌할 수 없지만 너같이 흉악한 것을 내 어찌 살려 두겠는가? 지금 죽여 뒷사람들에게 본을 보이겠다."

칼을 들고 머리를 베어 특자의 시체 쪽으로 던졌다. 아직도 분한 마음이 가시지 않았다. 대감께 일어난 일을 다 아뢰고 초낭을 베려다 홀연 생각했다.

'남이 나를 저버려도 어찌 내가 남을 저버리겠는가? 잠깐의 울분으로 어찌 인륜을 끊겠는가?'

길동은 바로 대감의 침소에 나아가 뜰아래 엎드렸다. 잠에서 깬 대감이 문밖의 인기척을 느끼고 이상하게 여겨 창을 열었다. 길동이 엎드려 있기에 불러 말했다.

"밤이 이미 깊었는데 어찌 잠을 이루지 않고 무슨 일로 이러느냐?"

길동이 슬피 울며 대답했다.

"집안에 흉한 일이 있었습니다. 살기 위해 떠나고자 하니 하직 인사를 받으십시오."

놀란 대감이 속으로 헤아렸다.

'분명히 이유가 있을 것이다.'

대감이 말했다.

"무슨 일인지는 날이 새면 알게 될 테니 서둘러 돌아가라. 잠을 좀 자 두고 분부를 기다려라."

길동이 땅에 엎드려 아뢰었다.

"소인은 이제 집을 떠나가오니 대감께서는 몸을 잘 돌보십시오. 다시 뵐 날을 기약하기 어렵겠습니다."

길동은 평범한 사람이 아니기에 말려도 듣지 않으리라 짐작하고 물었다.

"이제 집을 떠나면 어디로 가느냐?"

길동이 엎드려 아뢰었다.

"목숨을 구하고자 하늘과 땅을 집 삼아 나가는 마당에 어찌 정한 곳이 있겠습니까? 다만 가슴에 맺힌 평생의 원한을 풀어버릴 날이 없으니 더욱 서럽습니다."

대감이 위로하며 말했다.

"오늘부터 네 소원을 들어주겠다. 부탁하건대 집을 나가 사방을 돌아다니더라도 죄를 지어 네 아버지와 형이 근심하게 하지 말고, 되도록 빨리 돌아와 내 마음을 위로하라. 여러 말 안 할 테니 겸손히 받아들여라."

길동이 일어나 다시 절하고 아뢰었다.

"오늘 아버지께서 저의 오랜 소원을 들어주시니 죽어도 여한이 없습니다. 놀랍고도 감사해 몸 둘 바를 모르겠습니다. 바라건대 아버님께서는 건강히 오래 사소서."

하직 인사를 마친 길동은 바로 어머니의 침실에 찾아가 말했다.

"소자, 이제 살기 위해 집을 떠납니다. 불효자를 생각하지 않고 계시면 돌아와 뵐 날이 있을 것입니다. 염려 마시고 삼가 조심하시어 천금같이 귀한 몸을 보살피십시오."

길동은 초낭이 꾸민 일을 처음부터 끝까지 낱낱이 말했다. 어머니는 그 이야기를 다 들은 후 길동을 말리지 못할 것을 알고 탄식했다.

"나가서 잠깐 화를 피한 후엔 어미 얼굴을 보아 빨리 돌아와라. 내가 실망하는 일이 없도록 해라."

어머니는 서러움을 참지 못했다. 길동은 어머니를 수없이 위로한 후 눈물을 닦으며 일어나 문밖에 섰다. 천지는 넓었으나 몸 하나 머물 곳이 없었다. 탄식하며 정처 없이 떠났다.

이때 부인은 자객을 길동에게 보낸 것을 알고 밤이 새도록 잠을 이루지 못하고 계속 탄식했다. 장남 길현이 위로하며 말했다.

"소자도 마지못해 한 일이니, 길동이 죽으면 어찌 한이 없겠습니까? 제 어미에게 더 잘해 주어 남은 생을 편히 살게 하고, 시신을 후하게 장사 지내 애석한 마음을 만분의 일이나 덜까 합니다."

이튿날 새벽, 날이 밝도록 별당에서 소식이 없는 것을 이상하게 여긴 초낭이 사람을 보내 알아보았다. 길동은 간데없고 목 없는 시체 두 구만 방 안에 거꾸러져 있는데 특자와 관상녀라는 답이 돌아왔다. 무척 놀란 초낭은 급히 내당에 들어가 이 사연을 부인께 알렸다. 부인 또한 놀라서 길현을 불러 길동을 찾았으나 어디 있는지는 아무도 몰랐다. 대감을 모셔 일어난 일을 모두 아뢰며 용서를 비니, 대감이 크게 꾸짖으며 말했다.

"집안에 이런 변고가 있었으니 앞으로 화가 끝이 없겠구나. 간밤에 길동이 집을 떠나겠다고 하직 인사를 하는데도 무슨 일인지 몰랐다. 이러한 일인 줄 어찌 알았겠는가?"

대감이 초낭을 크게 꾸짖으며 말했다.

"네가 열흘 전에 이상한 말을 하기에 꾸짖어 물리치고 다시는 입 밖에 내지 말라 했다. 끝내 마음을 못 고치고 집안에 이런 변을 일으키니 죄를 따지면 죽음을 면하기 어려울 터. 어찌 내 눈앞에 두고 보겠는가?"

대감은 하인을 불러 시체 두 구를 몰래 치우게 하고도 마음 둘 곳이 없어 안절부절못했다.

활빈당의 습격

이때 길동이 집을 떠나 사방으로 돌아다니다가 하루는 어떤 곳에 이르렀다. 겹겹이 솟은 산봉우리가 하늘에 닿았고 초목이 무성해 동쪽과 서쪽도 구별하기 어려웠다. 날까지 저물어 해는 빛을 잃고 인가는 없었다. 주저, 주저하다가 한 곳을 바라보는데 이상한 표주박이 시냇물을 따라 떠내려왔다. 인가가 있으리라 짐작하고 시냇물을 좇아 몇 리를 들어갔다. 산천이 활짝 트인 곳에 집 수백 채가 즐비했다. 그 마을에 들어가니 수백 명이 모여 잔치를 벌이고 있었다. 술상과 쟁반이 어지럽게 흩어졌고, 의견을 나누느라 떠들썩했다.

원래 이 마을은 도적 소굴이었다. 이날은 장수를 정하려다 보니 의견이 분분했다. 길동이 사정을 훔쳐 듣고 속으로 생각했다.

'갈 곳 없는 처지에 우연히 이곳에 이르렀으니 하늘이 도우셨다. 이 내 몸을 도적 소굴에 맡겨 남아의 뜻과 기개를 펴리라.'

무리 가운데로 나아가 이름을 밝히며 말했다.

"나는 경성 홍 승상의 아들인데, 사람을 죽이고 도망쳐 나와 사방을 돌아다니다가 오늘날 하늘의 뜻으로 우연히 이곳에 이르렀습니다. 내가 그대들의 우두머리 장수가 되는 것이 어떻겠소?"

모두가 술에 취해 제각각 떠들던 중 뜻밖에 난데없는 총각 아이 하나가 들어와 장수 되기를 청한 것이다. 도적들이 서로 돌아보며 꾸짖어 말했다.

"우리 수백 명이 다 뛰어난 힘을 가졌으나 지금 두 가지 일을 행할 사람이 없어 결정을 못 내리고 있는데, 어떠한 아이기에 감히 잔치에 뛰어들어 괴상한 말을 하느냐? 불쌍히 여겨 살려 주니 어서 돌아가라."

무리가 등을 밀어 쫓아냈다. 길동은 돌문 밖으로 나와 큰 나무를 꺾어 글을 썼다.

용이 얕은 물에 잠겼으니 물고기와 자라가 쳐들어오고, 호랑이가 깊은 숲을 잃으니 여우와 토끼에게 조롱을 당하네. 오래지 않아 바람과 구름의 기운을 얻으면 그 변화를 헤아리기 어려우리라.

한 군사가 그 글을 베껴 좌중에 올렸다. 윗자리에 앉은 이가 그 글을 보곤 여러 사람에게 말했다.

"거동이 비범하고 홍 승상의 자제라 하니, 불러서 재주를 시험한 후에 처치하는 것도 해롭지 않으리라."

다들 승낙해 그 즉시 길동을 불러 자리에 앉히고 말했다.

"우리가 의논하는 건 두 가지다. 하나는 이 앞에 있는 초부석이란 돌의 무게가 천여 근이라 쉽게 들 사람이 없는 것이고, 둘은 경상도 합천 해인사에 엄청난 재산이 있는데 중이 수천 명이라 그 절을 습격하고 재물을 빼앗을 묘책이 없는 것이다. 네놈이 이 두 가지를 해내면 오늘부터 장수로 봉하리라."

길동이 이 말을 듣고 웃으며 말했다.

"대장부가 세상을 살아가려면 마땅히 위로는 하늘의 이치를 알고, 아래로는 땅의 이치를 살피고, 가운데로는 사람의 뜻을 살펴야 하는 법이오. 어찌 이만한 일을 겁내겠소?"

길동은 곧바로 소매를 걷고 초부석을 들어 팔 위에 얹었다. 수십 걸음을 걷다가 다시 그 자리에 놓는데 힘들어하는 기색이 전혀 없었다.

모두가 크게 칭찬하며 말했다.

"실로 장사로다!"

무리는 길동을 윗자리에 앉히고 술을 권하며 우두머리 장수로 모셨다. 칭찬하고 축하하는 소리가 끊이지 않아 소란했다. 길동이 군사를 시켜 백마를 잡게 한 후 피를 마시고 맹세하면서 모두에게 호령했다.

"우리 수백 명이 오늘부터 생사고락을 함께하리니, 약속을 배반하고 명령을 어기는 자는 군법으로 다스리겠다."

그 명령에 모두가 즐거워했다.

며칠 후 길동이 군사들에게 분부했다.

"내가 합천 해인사에 가서 직접 본 후 좋은 계획을 세워서 오겠다."

길동은 공부하는 학생 차림새로 하인 몇을 거느리고 나귀를 탔다. 누가 보아도 재상의 자제였다. 해인사에는 '경성 홍 승상 댁 자제가 공부하러 간다'는 내용의 문서를 먼저 보냈다. 중들이 모여 의논했다.

"재상가 자제가 절에 머물면 우리에게 꽤 힘이 되리라."

중들은 우르르 절 입구로 나가 맞으며 문안 인사를 했다. 길동이 흔쾌히 절 안으로 들어가 자리에 앉은 후, 중들에게 말했다.

"이 절이 서울에서도 소문날 정도로 유명하기에, 멀다 여기지 않고 구경도 할 겸 공부도 할 겸 왔다. 너희도 괴롭게 생각지 말되, 절 안에 머무는 잡인들은 전부 내보내라. 내가 아무 고을 관아의 수령에게 백미 이십 석을 보내라 할 것이니, 그 쌀로 음식을 마련해라. 중과 속인 구별 없이 즐긴 후 그날부터 공부하겠다."

중들이 놀랍고 감사히 여기며 따를 뜻을 밝혔다. 길동은 법당 곳곳을 두루 살핀 후에 돌아와 도적 수십 명에게 백미 이십 석을 들려 보내며 분부했다.

"아무 관아에서 보냈다고 말해라."

중들이 도적의 흉악한 계략을 어떻게 알겠는가? 행여 분부를 어길까 싶어 백미로 서둘러 음식을 마련하고, 절 안에 머물던 잡인들도 다 내보냈다.

약속한 날이 되어 길동이 도적들에게 분부했다.

"이제 해인사에 가서 중들을 다 묶을 것이다. 너희는 근처에 숨었다가 한꺼번에 절에 들어와 재물을 모두 챙겨라. 내가 시키는 대로 하되 부디 명령을 어기지 마라."

길동은 몸집이 큰 하인 십여 명을 거느리고 해인사로 향했다.

중들은 이미 절 입구에서 길동 무리를 기다리고 있었다. 길동이 들어가 분부를 내렸다.

"이 절의 중은 한 명도 빠짐없이 절 뒤편 푸른 계곡에 모여라. 오늘은 너희와 함께 종일 마음껏 취하고 놀겠다."

먹고 싶기도 했고 분부를 어기면 죄가 될까 싶어, 중 수천 명이 모조리 푸른 계곡에 모이니 절은 텅 비었다. 길동이 윗자리에 앉은 후 중들을 차례로 앉혔다. 각각 상을 놓고 술을 권하며 즐기다가 밥상을 받자 길동은 소매에서 모래를 꺼내 입에 넣고 씹었다. 돌 깨지는 소리에 중들이 몹시 놀라 정신을 잃을 지경이었다. 길동이 크게 화를 내며,

"중과 속인을 나누지 않고 함께 즐긴 후 절에 머물며 공부하려

했거늘, 이 모질고 거만한 중놈들이 나를 쉽게 보고 음식을 더럽히다니. 몹시 분하구나" 하고는 하인들에게 호령했다.

"중들을 모두 묶어라."

길동의 성화같은 재촉을 받은 하인들이 동시에 달려들어 중들을 사정없이 묶었다.

절 입구 곳곳에 숨었던 도적들은 소란을 눈치채고 동시에 달려들었다. 창고를 열고 어마어마한 재물을 제 것 가져가듯이 마소에 싣고 갔다. 팔다리를 못 움직이는 중들이 어찌 막을 수 있었겠는가? 입으로만 원통하다 소리치니 마을이 무너지는 듯했다.

이때 한 목공이 남아 절을 지키고 있었다. 난데없이 도적이 들어와 창고를 누비는 꼴을 보고 급히 도망쳐 합천 관가에 사실을 알렸다. 깜짝 놀란 합천 수령이 한편으로는 관리를 보내고, 또 한편으로는 관군을 모아 도적을 뒤쫓게 했다.

도적들은 재물을 싣고 마소를 몰아 나서며 먼 쪽을 보았다. 수천 군사가 비바람같이 몰려오는데, 일으키는 티끌이 하늘에 닿을 듯했다. 모두가 잔뜩 겁을 먹고 우왕좌왕하며 길동을 원망했다. 길동이 웃으며 말했다.

"너희가 어찌 나의 비밀스러운 계획을 알겠는가? 염려 말고 남쪽 큰길로 가라. 내가 관군을 북쪽 오솔길로 보내겠다."

길동은 법당에서 중의 장삼을 꺼내 입고 고깔을 쓴 후 높은 봉우리에 올라 관군에게 외쳤다.

"도적이 북쪽 오솔길로 갔소. 그리로 가 잡으시오."

장삼 소매를 날리며 북쪽 오솔길을 가리키니, 관군은 남쪽 길을 버리고 노승이 가리키는 대로 북쪽 오솔길로 갔다. 길동이 내려와 축지법을 써서 도적을 이끌고 마을로 돌아왔다. 모든 도적이 길동을 칭찬했다.

합천 수령은 관군을 모아 도적을 뒤쫓다가 자취도 못 보고 돌아왔다. 고을 전체가 시끄러웠다. 감영에 장계를 올려 이 일을 보고하니, 감사가 듣고 놀라 각 읍에 관군을 보내 도적을 잡으려 했지만 흔적도 못 찾고 괜히 분주하기만 했다.

하루는 길동이 모든 도적을 불러 의논하며 말했다.

"비록 도둑질로 먹고살지만, 우리는 다 이 나라 백성이다. 대를 이어 나라의 물과 흙을 먹으니 위태한 시절을 만나면 마땅히 온갖 위험을 무릅쓰고 임금을 도와야 할 터, 그러니 어찌 병법에 힘쓰지 않겠는가? 무기를 마련할 훌륭한 계획이 있다. 아무 날 함경감영 남문 밖 왕릉 가까이에 땔나무로 쓸 마른 풀을 준비해 두었다가, 삼경에 불을 놓되 능에 닿지 않도록 조심해라. 나는 남은 군사를 거느리고 기다렸다가 감영에 들어가 무기와 창고를 털겠다."

약속한 날이 되었다. 군사를 둘로 나눈 후 한 조에게 마른 풀을

운반하는 임무를 맡기고, 길동은 다른 한 조를 거느리고 숨었다. 삼경이 되자 능 가까이에서 불길이 하늘로 치솟아 올랐다. 길동이 서둘러 관문을 두드리며 외쳤다.

"능에 불이 났습니다. 어서 불을 꺼 구하십시오."

감사가 잠결에 깜짝 놀라 나와 보니 정말로 불길이 하늘까지 솟았다. 하인을 거느리고 나가며 군사를 불러 모으느라 성안이 마치 물 끓는 듯했다. 백성이 다 능으로 가자 성안은 텅 비어 노약자만 남았다. 길동은 도적들을 거느리고 한꺼번에 달려들어 곡식과 무기를 훔친 후 축지법을 써서 순식간에 소굴로 돌아왔다.

감사가 불을 끄고 돌아오자 창고에 쌓아 둔 곡식을 지키던 군사가 아뢰었다.

"도적이 창고를 열고 무기와 곡식을 훔쳐 갔습니다."

무척 놀란 감사는 사방으로 군사를 풀어 찾았으나 도적들은 흔적도 없었다. 괴이한 일이었기에 나라에 보고했다.

이날 밤, 길동이 소굴에서 잔치를 베풀고 즐기며 말했다.

"앞으로 백성의 재물에는 손끝도 대지 않을 것이다. 각 읍 수령과 감사들이 백성에게서 훔친 재물을 빼앗아 불쌍한 백성을 구제할 것이다. 우리의 이름은 활빈당이다."

이어서 말했다.

"함경감영에서 무기와 곡식을 잃고 우리 종적을 모르니 애매한 사람들이 화를 입을 터. 내 몸의 죄를 불쌍한 백성이 지게 한다면 어찌 천벌을 피하겠는가?"

길동이 곧바로 감영 북문에 글을 써 붙였다.

창고의 곡식과 무기를 훔친 도적은 활빈당 장수 홍길동이다.

포도대장을 쫓다

하루는 길동이 생각했다.

'내 팔자가 사나워 집을 나와 도적 소굴에 몸을 맡기게 되었으나 본심은 아니다. 입신양명해서 임금을 도와 백성을 구하고 부모가 영화를 누리게 해야 하거늘, 남의 천대를 못 참아 이 지경에 이르렀다. 차라리 이를 기회로 삼아 큰 이름을 후세에 전해야 하리.'

길동은 짚으로 허수아비 일곱을 만든 후 군사 오십 명씩과 함께 팔도에 보냈다. 혼과 넋이 다 따로 있어 조화가 무궁했다. 군사들 또한 진짜 길동이 어느 도로 가는지 전혀 알 수 없었다. 길동과 허수아비 일곱은 팔도를 마음껏 누비며 나쁜 사람의 재물을 빼앗아 불쌍한 사람에게 나누어 주고, 수령의 뇌물을 훔치고, 창고를 열어 백성에게 베풀었다. 곳곳마다 한바탕 소동이 일어 각 읍의 군사들은 뜬눈으로 창고를 지켰다. 그러나 길동이 수단을 한 번 부리면 비바람이 크게 불고 구름과 안개가 짙게 깔려 하늘과 땅을 구별하기 어려워지니, 손이 묶인 듯 전혀 막지 못했다. 길동은 팔도에서 난을 일으키며 이름을 똑똑히 외쳤다.

"활빈당 장수 홍길동이다."

온 천하에 이름을 내놓고 제멋대로 다녀도 종적을 아는 이가 없었다.

팔도 감사가 한꺼번에 공문을 올렸다. 임금께서 보시니 그 내용은 이러했다.

큰 도적 홍길동은 비구름을 부리며 각 읍에서 소란을 일으킵니다. 어떤 날은 이러이러한 고을의 무기를 훔치고, 또 어떤 날은 아무 고을의 창고 곡식을 빼앗습니다. 도무지 자취를 잡지 못하니 감히 이 일을 우러러 고합니다.

임금께서 보시고 무척 놀라 각 도의 공문 날짜를 비교하시니, 길동이 소란을 일으킨 날이 똑같았다. 임금께서 크게 근심하시는 한편 여러 고을에 분부하셨다.

"이 도적을 잡는 이에겐 천금의 상을 내리겠다."

팔도에는 어사를 보내 민심을 수습하고 서둘러 이 도적을 잡으라고 명하셨다.

이후로 길동은 고위 관료가 타는 쌍가마에 올라 수령의 죄를 물어 마음대로 쫓아내거나 창고를 활짝 열어 백성을 구제하고, 죄인들을 잡아 다스리고, 감옥을 열어 죄 없는 사람을 내보내며 다녔다. 각 읍에서는 흔적도 못 찾으면서 괜히 분주해 온 나라가 흉흉할 지경이었다. 임금께서 크게 화를 내며 말씀하셨다.

"어떤 용맹스러운 놈이기에 한날한시에 팔도를 누비며 난리를 일으키는가? 나라를 위해 이놈 하나 잡을 사람이 없으니 무척 한심하구나!"

계단 아래에서 한 사람이 아뢰었다.

"신이 비록 재주는 없사오나 병사를 주시면 큰 도적 홍길동을 잡아 전하의 근심을 덜겠습니다."

포도대장 이업이었다. 임금께서 기특하게 여겨 정예 군사 일천 명을 주시니, 이업이 곧바로 임금께 하직 인사를 올리고 출발했다. 과천을 지나서는 군사를 나누며 약속했다.

"너희는 이러이러한 곳을 지나 아무 날 문경으로 모여라."

변장하고 다니던 이업은 며칠 후 한 곳에 이르렀는데, 날이 저물어 주점에 들어갔다. 잠시 후 나귀 탄 소년이 동자들을 거느리고 들어와 자리에 앉았다. 소년은 이업에게 이름과 사는 곳을 밝히고 이야기를 나누다가 탄식하며 말했다.

"넓은 하늘 아래 왕의 땅 아닌 곳 없고, 온 땅의 백성 중 왕의 신하 아닌 사람이 없습니다. 큰 도적 홍길동이 팔도에 소란을 일으켜 민심을 어지럽히니 임금께서 크게 노하시어 팔도 방방곡곡에 공

문을 내려 잡으라 하셨으나, 끝내 잡지 못해 분하고 억울한 마음은 다 같을 것입니다. 나에게도 용맹한 힘이 약간은 있어 이 도적을 잡아 나라의 근심을 덜고자 하는데 힘이 넉넉지 못하고 뒤를 도울 사람이 없는 게 한스럽습니다."

이업이 소년의 모습을 보고 말을 들어 보니 진실로 의리와 용기가 넘치는 남자였다. 존경하는 마음이 우러나와 손을 잡고 말했다.

"말이 참 장하오. 충성과 의리를 겸한 사람이로다. 변변치 못한 재주이지만 죽음을 각오하고 그대의 뒤를 도울 테니 나와 같이 도적을 잡는 게 어떻겠소?"

소년이 감사하며 말했다.

"그대 말씀이 그러하다면 함께 가서 재주를 시험하고 홍길동의 거처를 찾아봅시다."

이업은 승낙하고 소년을 따라 깊은 산중으로 들어갔다. 소년이 몸을 솟구쳐 바위가 겹겹이 쌓인 험한 낭떠러지 위에 올라앉으며 말했다.

"있는 힘을 다해 나를 차십시오. 그대의 힘을 가늠하고 싶습니다."

이업이 있는 힘 없는 힘 다 모아 소년을 찼다. 소년이 돌아앉으며 말했다.

"장사로다. 홍길동 잡기에 충분합니다. 도적이 지금 이 산속에 있으니 내가 먼저 들어가 살펴보고 오겠습니다. 그대는 이곳에서 기다리십시오."

이업이 알겠다 하고는 앉아서 기다리는데, 누런 두건을 쓴 기괴한 군사 수십 명이 다가와 외쳤다.

"네가 포도대장 이업이냐? 염라대왕의 명을 받고 너를 잡으러 왔다."

그들이 한꺼번에 달려들어 쇠사슬로 묶어버리니, 이업은 혼이 쏙 빠져 지하 세계인지 인간 세상인지도 모르고 끌려갔다. 눈 깜짝할 사이에 한 곳에 다다랐는데 어렴풋이 보이는 기와집이 궁궐 같았다. 그들이 이업을 뜰아래 꿇어앉히자 위쪽에서 죄를 따지며 꾸짖는 소리가 들렸다.

"네가 감히 활빈당 장수 홍길동을 우습게 보고 잡으려 했다는 말인가? 홍 장군은 하늘의 명령을 받아 팔도를 누비며 탐관오리와 비리로 먹고사는 놈들의 재물을 빼앗아 불쌍한 백성을 돕는다. 네 놈이 나라를 속이고 임금에게 거짓으로 일러바쳐 옳은 사람을 해치려 하니, 저승에서 너같이 간사한 무리를 잡아 다른 사람을 경계코자 한다. 너는 원망하지 마라."

황건역사*에게 명령이 떨어졌다.

"이업을 저승에 보내 다시는 세상에 나오지 못하도록 해라."

이업이 머리를 땅에 두드리며 잘못을 빌었다.

---

* 황건역사　힘이 세기로 유명한 신

"말씀하신 대로 홍 장군이 각 읍에 다니며 소란을 일으켜 민심을 어지럽힌다는 소식을 듣고 임금께서 크게 화를 내셨습니다. 신하 된 도리로 앉아 있지 못하고 장군을 잡으라는 명을 받아 나왔으니 부디 죄 없는 목숨을 살려 주십시오."

수없이 애걸하자, 주위 사람들과 위쪽의 길동이 크게 웃었다. 길동은 군사를 시켜 이업을 풀어 주고 불러서 술을 권하며 말했다.

"그대 머리를 들어 나를 보라. 나는 주점에서 만났던 그 사람, 바로 홍길동이다. 그대 같은 이는 수만 명이 덤벼도 나를 잡지 못하리라. 그대를 이리로 유인한 것은 우리의 위엄을 보이기 위함이고, 분수를 모르는 사람이 또 나서거든 그대가 말리도록 하기 위함이다."

길동은 두어 사람을 더 잡아들여 뜰아래 무릎을 꿇리고 죄를 따지며 말했다.

"너희 모두 베어야 마땅하나, 이미 이업을 살려 돌려보내기로 했으니 너희도 그냥 보내 주겠다. 앞으로 홍 장군 잡을 생각은 하지도 마라."

그제야 길동을 알아본 이업은 부끄러워 아무 말도 못하고 머리를 숙인 채 잠잠히 있었다. 그러다 앉아서 잠깐 졸았다. 제풀에 놀라 깼는데 팔다리를 움직일 수 없고 눈에 보이는 것도 없었다. 죽을힘을 다해 벗어나고 보니 가죽 자루 안에 들어가 있었다. 다른 가죽 자루 둘이 매달려 있어 끌러 보았다. 어젯밤에 함께 잡혔던 사람들, 즉 문경으로 보낸 군사였다. 이엄이 어이가 없어 웃으며 말했다.

"나는 어떤 소년에게 속아 이리이리했는데, 너희는 어찌 된 거냐?"

군사들이 서로 웃으며 말했다.

"소인들은 주점에서 잠을 자고 있었는데 어떻게 여기에 있는지 모르겠습니다."

사방을 살펴보니 서울 북악산이었다. 이엄이 말했다.

"허망한 일이로다. 이 일은 입 밖에 내지 마라."

뒤집힌 홍 씨 가문

　길동이 귀신처럼 팔도를 누비고 다녀도 아무도 알아보지 못했다. 어사로 변장해 수령의 간악한 죄를 처벌한 후 임금께 아뢰고, 각 읍에서 바치는 뇌물을 모조리 빼앗아 서울의 관리들이 무척 궁색해졌다. 가끔은 고위 관료가 타는 수레에 올라 서울 큰길을 오가며 소란을 일으키니, 위아래 백성이 서로 의심하고 이상하게 여겨 온 나라가 시끄러웠다. 임금께서 크게 근심하시자 우승상이 아뢰었다.

　"신이 듣기로 도적 홍길동은 전 승상 홍 아무개의 서자라 합니다. 홍 아무개를 가두시고 그 형 이조판서 길현을 경상감사로 임명하십시오. 정해진 날짜까지 길동을 잡아 바치라 명하시면 제아무리 불충하고 무도한 놈이라도 아버지와 형의 얼굴을 보아 스스로 잡힐 것입니다."

　이 말을 들으신 임금께서 곧바로 홍문을 금부에 가두라 하시고,

길현을 불러들이셨다.

이때 홍 승상은 길동이 떠난 후로 전혀 소식이 없어 거처를 몰랐다. 혹여 무슨 일이 있을까 염려하고 있었는데, 길동이 나라 도적이 되어 소란을 일으킨다는 뜻밖의 소식에 놀라 어쩔 줄 몰랐다. 먼저 나라에 아뢰기도 어렵고 모르는 체 가만히 있기도 어려워 늘 그 생각만 하니 병이 생겨 아예 자리에 눕고 말았다.

이조판서인 장자 길현은 아버지의 병이 무거워지자 말미를 청해 집에 돌아왔다. 띠도 끄르지 않고 수발을 들다가 조정에 나아가지 않은 지가 한 달이 넘었다. 조정이 돌아가는 일을 전혀 알지 못했는데, 갑자기 법관이 와서 왕의 명령에 따라 승상을 감옥에 가두고 판서를 불렀다. 온 집안이 이유도 모르고 허둥댔다.

판서가 대궐로 나가 처벌을 기다리니 임금께서 말씀하셨다.

"경의 서제 길동이 나라의 도적이 되어 분수에 넘는 짓을 하고 있다. 마땅히 온 가족 모두 처벌해야 옳을 것이나 경에게 잠시 시간을 주겠다. 경상도에 가서 길동을 잡아 홍 씨 가문의 화를 없애라."

길현이 땅에 엎드려 아뢰었다.

"천한 동생이 일찍이 사람을 죽이고 도망친 후 종적을 몰랐는데 이렇듯 큰 죄를 지으니 신의 죄 죽어도 마땅합니다. 팔십이 된 신의 아비는 천한 자식이 나라의 도적이 된 까닭에 병을 얻어 사경을 헤매고 있습니다. 엎드려 바라건대 넓고 큰 바다와 같은 은혜를 베푸시어 신의 아비를 집에서 치료하게 하시면 신이 내려가서 서제 길동을 잡아 전하께 바치겠습니다."

효성에 감동하신 임금께서 홍 아무개는 집으로 보내 병을 치료하라 하신 후, 길현은 경상감사에 임명하고 잡아 올 기한을 정해 주셨다. 판서는 임금의 은혜에 감사해 백번 절하고는, 경상도로 내려와 각 읍에 공문을 보내고 방방곡곡에 방을 써 붙여 길동을 찾았다.

사람이 하늘과 땅 사이에 태어나면 오륜이 있는 법이고, 오륜 가운데엔 임금과 아버지가 으뜸이다. 사람이 오륜을 버리면 사람이 아니다. 너는 지혜와 식견이 남보다 뛰어난데도 이를 모르니 어찌 애달프지 않겠느냐?

우리 가문은 대대로 나라의 은혜를 입었다. 자자손손 벼슬에 올라 녹을 받으니 온 마음을 다해 충성으로 보답하려 하는데, 우리 대에 네가 나타나 나라의 명을 거역함이 앞으로 어디까지 미칠지 모르니 참으로 한심하구나.

간사한 신하와 불충한 인간들이야 늘 있었으나 우리 가문에서 날 줄은 생각도 하지 못했다. 너의 죄에 전하께서 진노하시니 극형을 받아 마땅하나, 한없는 성은을 베푸시어 죄를 더하지 않으시고 나에게 너를 잡으라 명하시니 도리어 놀랍고 감사할 뿐이다. 백발이 성성한 늙은 아비가 밤낮으로 걱정하시던 중에 네가 이렇듯 괴이한 일을

54

벌여 나라에 죄를 지으니, 놀라신 마음에 병을 얻어 일어나지도 못하게 되셨다. 아버지께서 너 때문에 세상을 버리시면, 너는 살아서는 반역의 죄를 지은 것이며 죽어 지하에 가서도 영원히 이어질 불충불효한 죄를 남기는 것이다. 뒤에 남은 우리 가문은 또 어찌 원통하지 않겠는가? 너의 큰 소견으로 왜 이를 생각하지 못하느냐? 네가 이 죄를 짓고 세상을 살아간다면 사람은 너를 용서해도 사리가 분명한 하늘은 사정없이 벌을 줄 것이다. 이제 마땅히 하늘의 명을 받들고 조정의 처분을 기다릴 뿐, 또 어찌하겠는가. 네가 어서 돌아오기를 바란다.

감사는 부임한 후 공무를 중지했다. 전하의 근심과 아버지의 병세를 염려해 걱정으로 하루하루를 보내며 길동만 기다렸다.

어느 날 하인이 아뢰었다.

"어떤 소년이 뵙기를 청합니다."

감사가 곧바로 맞아들이니 그 사람은 계단 위에 엎드려 죄를 빌었다. 이상하게 여긴 감사가 이유를 묻자 대답이 돌아왔다.

"형님은 어찌 동생 길동을 모르십니까?"

무척 기쁘고 놀란 감사는 길동의 손을 이끌고 방으로 향했다. 주변 사람들을 물리치고 한숨지으며 말했다.

"이 철없는 아이야. 네가 어려서 집을 떠난 후에 이제야 만나니 반가워야 하는데, 마음이 도리어 슬프구나! 너는 훌륭한 풍채와 재주로 어찌 흉악한 일만 즐겨서 아버지와 형의 은혜와 사랑을 배반하느냐? 시골의 어리석은 백성도 임금께 충성하고, 아버지께 효도할 줄 안다. 너는 타고난 본성이 총명하고 재주가 남들보다 높으니 충효에 힘써야 마땅할 터, 그런데 몸을 그릇된 곳에 버려 남들보다 못하게 되었으니 이 어찌 한심한 일이 아니겠느냐? 아버지와 형은 식견이 높고 명석한 아들과 동생을 두었다 생각하고 속으로 기뻐했거늘 도리어 근심을 끼치느냐? 네가 지금 충성과 의리를 택해 죽을 곳에 간다 해도 싫은데, 하물며 나라의 명령을 어긴 죄로 죽게 되니 우리의 마음이 도대체 어떻겠는가? 나라의 법은 인정사정이 없다. 마음이 있어도 구해 낼 방법이 없으니 너를 위해 서러워한들 무슨 효험이 있겠느냐? 너는 아버지와 형의 낯을 보아 죽기를 각오하고 왔겠으나, 나는 두렵고 슬픈 마음이 전보다 더하구나. 너야 네가 지은 죄이니 하늘과 사람을 원망하지 못해도, 아버지와 나는 눈앞의 너를 죽이면서도 오직 운명만 탓할 뿐이다. 네 어찌 이를 깨닫지 못하고 이렇듯 커다란 죄를 지었느냐? 천년을 거슬러 올라가도 생사의 이별이 오늘 밤 같지는 않을 것이다."

길동이 눈물을 흘리면서 말했다.

"못나고 어리석은 동생 길동이 처음부터 아버지와 형의 훈계를 외면한 건 아닙니다. 팔자가 험해 천하게 태어난 것도 평생 한이었는데 집안에 시기하는 사람까지 있어 그를 피해 떠돌아다니다, 생각지도 못한 도적 소굴에 빠져 잠시 생계를 맡겼더니 죄명이 여기에 이르렀습니다. 내일 저를 잡은 과정을 보고하시고, 저를 묶어 나라에 바치십시오."

둘은 이야기로 밤을 새웠다.

새벽이 되자 감사는 길동을 쇠사슬로 묶게 했다. 얼굴은 참담했고 눈물은 쉬지 않고 흘렀다.

진짜 길동 찾기

이때 팔도에서 모두 길동을 잡았다는 보고가 올라왔다. 사람마다 의심하며 다들 바삐 길을 메우고 구경하니 그 수를 헤아리지 못했다. 임금께서 친히 여덟 길동을 신문하시자 여덟 길동이 서로 다투며 말했다.

"네가 무슨 길동이냐? 내가 진짜 길동이다."

서로 팔을 휘두르며 어우러져 뒹구는 모습이 한바탕 구경거리였다. 조정에 가득한 신하들과 좌우 나장*도 진짜와 가짜를 구분하지 못했다. 신하들이 아뢰었다.

"자식은 아버지가 잘 아는 법이니 홍 아무개를 불러들여 서자 길동을 찾아내게 하소서."

임금께서 옳게 여기시고 곧바로 홍 아무개를 부르시니 승상이

---

* 나장 죄인을 매질하고 압송하는 일을 맡아보던 의금부 관리

도착해 땅에 엎드렸다. 임금께서 말씀하셨다.

"경이 일찍이 한 명의 길동을 두었다고 했다. 이제 여덟이 되었으니 어찌 된 까닭인가? 경이 자세히 가려서 신문하는 자리를 어지럽히지 마라."

승상이 눈물을 흘리며 아뢰었다.

"신의 행실이 바르지 못해 천한 첩을 가까이했고 그 죄로 천한 자식을 두어 전하의 근심이 되었고 조정을 시끄럽게 했습니다. 신의 죄는 만 번 죽어도 마땅합니다."

승상은 하얗게 센 수염에 눈물을 뚝뚝 떨어뜨리며 길동을 꾸짖어 말했다.

"네 아무리 불충불효한 놈이라도 위로는 성상께서 친히 나와 계시고 아래로는 아비가 있거늘, 그 앞에서 임금과 아비를 속여 대니 흉악한 죄를 다 헤아리기 어렵다. 어서 천명을 받들고 형벌을 받아라. 그러지 않으면, 네 눈앞에서 내가 먼저 죽어 성상의 분노하신 마음을 만분의 일이라도 덜어 드리겠다."

그러고는 다시 임금께 아뢰었다.

"신의 천한 자식 길동은 왼쪽 다리에 붉은 점 일곱 개가 있으니 이를 증거로 찾으십시오."

여덟 길동이 동시에 다리를 걷고 일곱 개의 점을 서로 자랑했다. 진짜와 가짜를 가리지 못한 승상이 근심과 두려움에 기절하니, 놀란 임금께서 어서 구하라는 명령을 내렸으나 살릴 길이 없었다.

여덟 길동은 주머니 속에서 대추처럼 생긴 알약을 두 개씩 꺼낸 다음 앞다투어 승상의 입에 넣었다. 잠시 후 승상이 되살아나자 여덟 길동이 울며 아뢰었다.

"신의 팔자가 험해 홍 아무개를 모시는 천한 종의 배를 빌려 태어났습니다. 아버지와 형을 제대로 부르지 못하고, 집안에 시기하는 자까지 있어 견디지 못했습니다. 산림에 몸을 의지해 초목과 함께 늙어 가리라 마음먹었는데, 하늘이 돌보지 않아 도적 무리에 빠졌습니다. 그러나 백성의 재물은 털끝만큼도 뺏은 적이 없고, 수령의 뇌물과 나쁜 놈들의 재물만 빼앗아 먹었습니다. 나라의 곡식을 훔친 적도 있지만 임금과 아버지는 한 몸인 법, 자식이 아버지 것을 먹었다고 도적이라 부를 수 있겠습니까? 어린 자식이 어미 젖 먹는 것과 똑같습니다. 이는 조정의 소인배들이 전하의 슬기로움을 가려 거짓으로 꾸민 죄일 뿐, 신의 죄는 아닙니다."

임금께서 크게 노하시며 꾸짖어 말씀하셨다.

"네가 깨끗한 재물은 빼앗지 않았다고 한다만, 합천 해인사 중을 속인 후 그 재물을 훔쳤고, 능에 불을 지르고 무기를 훔쳤으니, 이만큼 큰 죄가 또 어디 있느냐?"

길동 등이 땅에 엎드려 아뢰었다.

"부처의 가르침이라는 것이 세상을 속이고 백성을 유혹합니다. 땅을 갈지 않으면서 백성의 곡식을 빼앗고, 베를 짜지 않으면서 백성을 속여 옷을 입고, 부모에게서 받은 머리털과 피부를 오랑캐 모양으로 만들어 숭상하며, 임금과 아버지를 버리고 세금을 내지 않으니 이보다 더한 불의가 있겠습니까? 무기를 가져간 이유는 신등이 산중에서 병법을 익히다가 난세가 오면 화살과 돌을 다 동원해서라도 임금을 도와 태평을 이루려 했기 때문이며, 불을 내기는 했지만 능에는 닿지 않게 미리 손을 썼습니다. 신의 아버지는 대를 이어 나라의 관리로 일하고 녹을 먹습니다. 충성을 다해 나라에 보답하려 하되, 만분의 일이라도 갚지 못할까 늘 염려하는데 신이 어찌 분수에 넘치는 마음을 먹겠습니까? 굳이 죄를 따져도 죽을죄는 아니옵니다. 전하께서는 조정 신하들이 헐뜯는 소리만 들으시고 이렇듯 진노하시니 신이 형벌을 기다리지 않고 스스로 죽겠습니다. 노여움을 푸소서.”

여덟 길동이 한데 모여서 죽었다. 주위에서 이상하게 여겨 자세히 살펴보니, 진짜 길동은 사라지고 허수아비 일곱뿐이었다. 길동의 속임수를 본 임금께서는 더 노하셨고, 경상감사에게 공문을 내려 어서 길동을 잡으라고 재촉하셨다.

압송 작전

길동을 잡아 보낸 경상감사는 허전한 마음에 공무를 아주 그만 두고 서울 소식을 기다렸는데, 갑자기 교지가 도착했다. 북쪽 궁궐을 향해 네 번 절한 후 펼치니 그 내용이 이러했다.

길동은 잡지 않고 허수아비를 보내 형부를 혼란케 했으니, 망령되이 임금을 속인 죄를 면하기 어렵다. 아직은 죄를 묻지 않겠다. 십 일 내로 길동을 잡아라.

글 뜻이 무척 엄했다. 감사가 놀라고 두려워 사방에 명령을 내려 길동을 찾았다. 하루는 달밤에 난간에 기댔는데, 선화당* 대들보 위에서 한 소년이 내려와 절했다. 자세히 보니 길동이었다. 감

---

* 선화당 감사가 사무를 보던 곳

사가 꾸짖어 말했다.

"너는 왜 죄를 키워 가문에 화를 끼치느냐? 나라의 엄한 명령이 막중하다. 너는 나를 원망하지 말고 어서 하늘의 명령을 받들어라."

길동이 엎드려 대답했다.

"형님께서는 염려하지 마시고 내일 저를 잡아 보내십시오. 장교 중 부모와 처자식이 없는 자를 골라 호송하게 하시면 좋은 묘책이 되겠습니다."

이유가 궁금했지만, 길동은 말하지 않았다. 감사는 길동의 생각을 알지 못한 채 호송군을 그의 말대로 뽑아 서울로 올려 보냈다. 조정에서는 길동이 잡혀 온다는 소식을 듣고 훈련도감의 포수 수백 명을 남대문에 매복시킨 후 명령했다.

"길동이 문 안에 들어오면 다 같이 총을 쏘아 잡아라."

이때 길동이 비바람처럼 잡혀 오고 있었는데, 어찌 이 사실을 알아채지 못했겠는가? 길동은 동작리를 지나며 '비 우雨 자' 셋을 써 공중에 날리며 왔다. 남대문 안에 들어오자 좌우의 포수가 다 같이 총을 쏘았지만 총구에 물이 가득 차 계획을 이루지 못했다. 길동이 대궐 문밖에 다다라 호송군들을 돌아보며,

"너희가 나를 호송해 여기까지 왔으니 죄를 추궁당해도 목숨은 보전할 것이다" 하고 몸을 날려 수레 아래로 내려가 천천히 걸었다. 다섯 군영을 지키는 기병들이 말을 달려 길동을 쏘려 하나 길

동은 무사히 한양에 갔다. 아무리 말을 채찍질한들 축지법을 모르니 무슨 수가 있겠는가? 성안의 모든 백성도 그 신기한 수단을 헤아릴 수 없었다. 이날 사대문에 이런 글이 붙었다.

홍길동의 평생소원이 병조판서이니 전하께서 넓고 큰 바다와 같은 은혜를 베풀어 주시면 신이 스스로 잡히겠습니다.

이 일을 조정에서 의논했다. 어떤 사람은 "길동의 소원을 들어주어 백성의 마음을 다독이자" 했고, 또 어떤 사람은 "길동은 충성과 도리를 모르는 도적이오. 나라에 조그만 공 하나 세운 일 없이 그저 백성을 어지럽히고 성상께 근심이나 끼치는 놈인데 어찌 한 나라의 병조판서 자리를 주겠소?" 했다. 의견이 분분해 결론을 내리지 못했다.

하루는 길동이 동대문 밖 깊숙하고 구석진 곳으로 가서 육갑신장*을 호령했다.

"군진의 형세를 이루어 싸울 준비를 해라."

두 장교가 공중에서 내려와 몸을 숙여 인사한 뒤 좌우에 섰고, 천병만마가 어디선가 갑자기 나타나 진을 이루었다. 진 한가운데 삼 층 황금단을 쌓고 길동을 단상에 모시니, 잘 정돈된 군대는 위

---

* 육갑신장 신들이 거느린 군대의 여섯 사령관

엄이 있고 서슬이 퍼렜다. 길동이 황건역사에게 호령했다.

"조정에서 길동을 헐뜯고 모함하는 자의 심복을 잡아들이라."

명령을 받은 신이 한참 후에 십여 명을 쇠사슬로 묶어 왔다. 솔개가 병아리 채 오는 꼴이었다. 단 아래에 꿇어앉히고 죄를 따지며 말했다.

"조정의 좀이 되어 나라를 속이는 것도 모자라 홍길동 장군을 해치려 하느냐? 베어 마땅한 죄이나 불쌍하니 목숨은 살려 주겠다."

군대의 곤장으로 삼십 대씩 쳐 내쫓으니 간신히 죽음은 면했다. 길동이 다시 한 신에게 분부했다.

"조정에 자리를 잡아 법을 맡았으면 제일 먼저 불교와 각 도 사찰을 없애려 했거늘, 오래지 않아 조선국을 떠날 형편이다. 부모의 나라라 만리타국에 있어도 잊지 못할 것이다. 지금부터 각 절로 가 세상을 어지럽히고 백성을 속여 먹는 중놈들을 모조리 잡아 오너라. 또한 서울 재상가의 자식이 세를 등에 업고서 괴롭고 고단한 백성을 속여 재물을 빼앗고, 나쁜 일만 일삼으며 마음이 교만하다. 궁궐은 깊은 곳에 있어 임금의 은총이 구석진 곳까지 미치지 못하고, 간신이 나라의 좀이 되어 성상의 총명을 가리는 한심한 일이 허다하다. 가문만 믿고 날뛰는 놈들을 모조리 잡아들이라."

신이 명령을 듣고 공중으로 날아갔다. 얼마 후 중놈 백여 명과 서울 재상가 청년 십여 명을 잡아 왔다. 길동이 위엄을 갖추고 호령 소리를 높여 각각의 죄를 따져 말했다.

"다시는 세상을 못 보게 해야 할 터이나, 나라의 명령을 받아 국법을 행하는 것이 아니기에 잠시 미룬다. 앞으로 행실을 고치지 않으면 너희가 수만 리 밖에 있어도 잡아다 베어버리리라."

엄한 벌을 한 번만 내리고는 진영 문밖에 내쳤다.

길동은 소와 양을 잡아 군사를 위로하고, 진용을 정비해 큰 소리를 내지 않도록 했다. 멀리 푸른 하늘에는 흰 해가 고요하고, 팔방의 바람과 구름에는 호령이 엄숙했다. 술을 마시고 기분 좋게 취한 길동이 칼을 잡아 춤을 추니, 번쩍이는 검광이 햇빛을 희롱했고 소매는 팔랑이며 공중에 휘날렸다.

날이 저물었다. 진영의 기세를 세웠으니 신을 각각 돌려보내고 몸을 날려 활빈당 처소로 돌아왔다.

이후로도 길동을 잡으라는 명령이 급하게 내려왔으나 효과는 없었다. 길동은 도적을 보내 팔도에서 서울로 올라가는 뇌물을 빼앗아 먹으며, 불쌍한 백성이 있으면 창고의 곡식을 털어 도왔다. 그의 신출귀몰하는 재주를 보통 사람은 헤아리지 못했다. 임금께서 탄식하며 말씀하셨다.

"이놈의 재주는 사람의 힘으로는 못 당하겠다. 민심이 이렇듯 요동하니 차라리 기특한 재주를 취해 조정에 두어야겠다."

임금께서 병조판서를 내걸고 길동을 부르셨다. 가마 탄 길동이 하인 수십 명을 거느리고 동대문으로 들어왔다. 병조 하인이 호위해 대궐 아래 이르니 길동이 엄숙히 절하고 아뢰었다.

"분에 넘치는 은혜를 받아 병조판서에 올랐습니다. 성은을 만분의 일도 갚지 못할까 싶어 감사하고도 두렵습니다."

길동은 돌아가더니 이후 다시는 소란을 일으키지 않았다. 임금께서 길동을 잡으라는 명령을 거두셨다.

제도를 향해

　삼 년이 지났다. 임금께서 내시들을 거느리고 달빛을 구경하시는데, 하늘에서 신선이 오색구름을 타고 내려와 땅에 엎드렸다. 임금께서 놀라서 물으셨다.

　"귀인이 무슨 말씀을 하시려고 누추한 곳에 내려오셨습니까?"

　그 사람이 아뢰어 말했다.

　"소신은 전임 병조판서 홍길동입니다."

　놀란 임금께서 길동의 손을 잡고 말씀하셨다.

　"그대는 그동안 어디에 있었는가?"

　길동이 아뢰어 말했다.

　"산중에 머물렀습니다. 이제 조선을 떠나 다시 전하를 뵐 날이 없으므로 하직 인사를 드리러 왔습니다. 전하의 넓은 마음으로 벼 삼천 석만 주시면 수천 명의 목숨이 살아날 것이오니 성은을 바라나이다."

임금께서 허락하시고 말씀하셨다.

"고개를 들어라. 얼굴을 보고 싶다."

길동이 얼굴만 들고 눈은 감은 채로 말했다.

"신이 눈을 뜨면 놀라실까 싶어 뜨지 않겠습니다."

길동은 임금을 한동안 모시다가 구름을 타고 하직하며,

"전하의 덕으로 벼 삼천 석을 얻으니 성은이 망극합니다. 벼를 내일 서강으로 운반해 주시옵소서" 하고 사라졌다. 임금께서는 하늘을 바라보시며 길동의 재주를 못내 아까워하시고, 이튿날 대동미 담당관에게 명령을 내리셨다.

"벼 삼천 석을 서강으로 운반하라."

조정의 신하들은 아무도 그 이유를 알지 못했다. 벼를 서강으로 운반하자 배 두 척이 나타나 벼 삼천 석을 실어 갔고 길동은 대궐을 향해 네 번 절하고 떠났다. 어디로 가는지 아무도 몰랐다.

이날 길동은 도적 삼천 명을 거느리고 넓은 바다를 건넜다. 제도라는 섬에 도착한 후 창고와 궁궐을 짓고, 군사들이 농사에 힘쓰게 했다. 각국을 다니며 물건을 교환하고 무예를 숭상해 병법을 가르치니, 불과 삼 년에 무기와 군량이 산처럼 쌓였고 군사의 힘이 강해져 대적할 상대가 없었다.

을동과 세 부인

하루는 길동이 군사들에게,

"망당산에 들어가 화살촉에 바를 약을 캐어 오겠다" 하고 길을 떠나 낙천현에 이르렀다. 그 땅에 만석꾼 부자가 있었는데 이름은 백용이었다. 일찍이 딸 하나만을 두었으니, 덕과 용모가 모두 뛰어났다. 스스로 부끄러워진 물고기는 물속에 숨었고, 기러기는 땅에 내려앉았고, 달은 어둠에 잠겼고, 꽃은 수줍어했다. 옛 책을 빠짐없이 읽어 이백과 두보의 문장을 지을 줄 알았으며, 미모는 물론이고 말 한마디와 행동 하나에도 여인이 갖추어야 할 네 가지 덕과 예절이 넘쳐흘렀다. 부모는 딸을 지극히 아껴 잘 어울릴 훌륭한 사위를 찾았다.

딸의 나이 열여덟이던 어느 날, 비바람이 크게 일어나 가까운 거리조차 구별할 수 없게 되고 천둥과 벼락이 무섭게 진동하더니 백 소저가 온데간데없이 사라졌다. 깜짝 놀라고 당황한 백용 부부는 거금을 들여 사방으로 찾았으나 흔적도 발견하지 못했다. 실성한 백용이 거리거리를 다니며 방을 붙였다.

> 내 자식의 거처를 알려 주면 누구든 사위로 삼고 재산의 반을 나누어 주겠다.

이때 길동은 망당산에 들어가 약을 캐고 있었다. 날이 저물었기에 어디로 가야 할지 몰라 당황하던 중, 갑자기 한 곳에서 불빛이 보이고 여러 사람이 떠드는 소리가 났다. 반가운 마음에 그곳으로 갔다. 수백여 명의 무리가 뛰놀며 즐기고 있었다. 자세히 보니 사람이 아니라 사람과 똑 닮은 짐승이었다. 수상해서 몸을 감추고 하는 짓을 살폈다. 말로만 듣던 을동이라는 짐승이 분명했다.

길동이 조용히 활을 잡아 윗자리에 앉은 장수를 쏘니 가슴에 제대로 맞았다. 장수가 깜짝 놀라 큰 소리를 지르고 달아났다. 길동은 바로 쫓아가려다가 밤이 이미 깊었기에 소나무에 기대어 잠을 청했다. 이튿날 새벽에 살펴보니 그 짐승의 핏자국이 있어, 흔적을 따라 몇 리를 들어가자 웅장한 집이 나타났다.

문을 두드렸다. 군사가 나와 길동을 보며 말했다.

"그대는 어떤 사람이기에 여기까지 왔느냐?"

길동이 대답했다.

"나는 조선국 사람으로 이 산에 약을 캐러 왔는데 길을 잃고 헤매다 여기까지 왔소."

그 짐승이 반갑게 길동을 맞았다.

"의술을 좀 아시오? 우리 대왕이 어제 새로 미인을 얻고 기뻐하며 잔치하던 중에, 난데없이 날아온 화살을 가슴에 맞고 거의 죽을 지경이오. 다행히 오늘 그대를 만났으니 의술을 안다면 우리 대왕의 병세를 회복시켜 주시오."

길동이 대답했다.

"내 비록 편작의 재주는 없어도 웬만한 병은 쉽게 고칩니다."

군사가 크게 기뻐하며 안으로 들어가더니 잠시 후 길동을 불렀다. 길동이 자리에 앉자 우두머리 짐승이 신음하며 말했다.

"목숨이 하루를 넘기기도 힘들었는데 하늘의 도움으로 선생을 만났소. 신선의 약을 써서 목숨을 구해 주시오."

길동이 상처를 살피고 말했다.

"어렵지 않은 병입니다. 내게 좋은 약이 있으니 한번 먹으면 상처가 나을 뿐 아니라, 온갖 병 또한 깨끗이 사라지고 영원히 죽지 않을 것입니다."

을동이 크게 기뻐하며 말했다.

"스스로 몸을 삼가지 못하고 병을 얻어 황천으로 돌아갈 줄 알았는데 하늘의 도움으로 명의를 만났구려. 선생은 서둘러 신선의 약을 시험하시오."

길동은 비단 주머니를 열고 약 한 봉지를 꺼내 술에 타서 짐승에게 건넸다. 받아 마신 짐승이 괴로운 듯 몸을 뒤치며 큰 소리를 질렀다.

"너에게 원수진 일이 없는데 왜 나를 해치는 거냐?"

우두머리 짐승은 자기 동생들을 불러,

"생각지도 못한 흉적을 만나 목숨이 끊어지게 되었다. 너희들은 내 원수를 갚아라" 하고 죽었다.

모든 을동이 한꺼번에 칼을 들고 달려 나와 꾸짖었다.

"우리 형에게 무슨 죄가 있다고 죽였느냐? 칼을 받아라."

길동이 비웃으며 말했다.

"제 수명대로 산 것이다. 내가 어찌 죽였겠는가?"

을동이 무섭게 화를 내며 칼을 휘둘러 길동을 치려 했다. 길동은 손에 작은 칼 하나 없는 위급한 처지라 몸을 날려 하늘로 달아났다.

수만 년 묵은 요괴 을동은 바람과 구름을 부리고 조화가 무궁했다. 요괴들이 바람을 타고 올라오자, 길동은 할 수 없이 육정육갑*을 불렀다. 하늘에서 무수한 신이 내려와 을동을 전부 묶어 땅에 꿇렸다. 길동이 그들의 칼을 빼앗아 을동을 다 베고, 안으로 들어가 세 여자를 죽이려 했다. 여자들이 울며 말했다.

"첩들은 요괴가 아닙니다. 불행히도 요괴에게 잡혀 와 스스로

---

* 육정육갑   둔갑술을 할 때 부르는 신

죽고자 했으나 틈을 얻지 못해 아직 살아 있습니다."

여자들의 이름을 물으니 하나는 낙천현 백용의 딸이었고, 다른 둘은 정 씨와 통 씨의 딸이었다. 길동이 세 여자를 데리고 돌아와 백용에게 이 일을 전했다. 백용은 사랑하던 딸을 찾아 너무나 기쁘고 흐뭇한 나머지 거금을 들여 잔치를 베풀고 홍길동을 사위로 삼았다. 사람마다 칭찬하는 소리가 하늘과 땅을 울렸다. 정 씨와 통 씨 두 사람도 길동을 불러 말했다.

"은혜를 갚을 길이 없으니 우리 딸들을 시중드는 첩으로 삼으시길 바랍니다."

나이 이십이 되도록 여인을 모르던 길동이 하루아침에 세 부인을 만나 가까이 두니 사랑하는 마음의 두터움은 비할 데가 없었다. 백용 부부도 이들을 소중히 여겼다. 길동은 세 부인과 백용 부부까지 일가친척을 다 거느리고 제도로 돌아갔다. 모든 군사가 강변에 나와 맞으며 먼 길을 무탈히 다녀오신 것을 위로하고, 큰 잔치를 열어 흥겹게 즐겼다.

아버지의 초상

세월이 빠르게 흘러 제도로 들어온 지 삼 년 가까이 되었다.

하루는 길동이 달빛을 즐기며 서성이다가 별자리를 살피더니, 아버지가 곧 돌아가실 것을 알고 길게 통곡했다. 백 씨가 물었다.

"낭군은 평생 슬퍼하는 일이 없었는데 오늘은 무슨 일로 눈물을 흘리십니까?"

길동이 탄식하며 말했다.

"나는 천지간 불효자입니다. 원래 조선국 홍 승상의 천한 종에게서 태어났지요. 집안의 천대를 받고 조정에도 나아갈 수 없어, 답답하고 분한 마음을 참지 못해 부모 곁을 떠나 이곳에 숨어 살았습니다. 그러나 늘 부모님 안부를 걱정했는데, 오늘 별자리를 살피니 아버지의 수명이 다해 조만간 세상을 떠나시겠습니다. 내 몸이 만 리 밖에 있어 살아 계신 아버지를 뵙지 못하게 된 것이 슬픕니다."

백 씨가 듣고 탄복해서 속으로,

'천한 근본을 감추지 않으니 장부로다' 하고 다시 위로했다.

길동은 군사를 거느리고 일봉산에 들어가 산의 형세를 살핀 후 명당을 골랐다. 날을 가려 공사를 시작해서 좌우 산골짜기와 묘를 한 나라의 능처럼 꾸몄다. 돌아와서는 모든 군사를 불러 말했다.

"몇 월 며칠 큰 배 한 척을 준비해 조선의 서강에서 기다려라. 부모님을 모셔 올 것이니 미리 알아서 준비하라."

모든 군사가 명령을 듣고 물러나 분부대로 일했다. 이날 길동은 백 씨와 두 부인에게 작별 인사를 하고 작은 배 한 척에 올라 서둘러 조선으로 향했다.

한편, 승상의 나이 구십에 갑자기 병을 얻었다. 구월 보름에는 더 나빠져 부인과 장자 길현을 불러 말했다.

"내 나이 구십이다. 이제 죽은들 무슨 한이 있겠느냐. 단 하나, 길동은 비록 천한 종에게서 태어났으나 내 혈육이다. 한번 집을 나간 후로 생사를 알지 못하고 죽음을 앞두고도 만나지 못하니 어찌 슬프지 않겠는가? 나 죽은 후에도 길동의 어미를 대접해서 편하게 하고, 부디 지난날 저지른 잘못을 생각해, 길동이 돌아오거든 한배에서 난 형제로 대해 부모의 유언을 저버리지 마라."

승상은 길동의 어머니를 불러 가까이 앉힌 뒤 손을 잡고 눈물을 흘리며 말했다.

"길동이 나간 후 소식이 끊어져 살았는지 죽었는지도 모르니 내 마음에 그리움이 간절하구나. 하물며 네 마음이야 어떻겠는가? 길동은 보통 사람이 아니니 살아 있으면 너를 저버릴 리 없다. 부디 몸을 가볍게 버리지 말고 소중히 보살펴서 잘 지내라. 아, 내 황천에 돌아가도 눈을 감지 못하겠구나."

그 말을 하고는 승상이 돌아가셨다. 부인이 기절하고 주변 사람들이 다들 놀라 곡소리가 진동했다. 길현은 슬픈 마음을 누르지 못해 눈물을 비 오듯 흘리면서도, 부인을 붙들어 위로하고 진정시킨 후 초상을 예의에 맞게 극진히 치렀다. 길동의 어머니는 더욱 슬퍼하니 그 모습이 딱하고 불쌍해 차마 보기 어려울 지경이었다.

석 달이 흘러 다시 제사를 지내고 여러 지관을 불렀다. 좋은 묏자리에 안장하려 사방으로 구했으나 마땅한 곳이 없어 근심했다.

이때 길동이 서강에 도착했다. 배에서 내린 후 바로 승상 댁으로 가서 승상 신주 앞에 엎드려 통곡했다. 상주가 자세히 보니 곧 길동이었다. 붙잡고 크게 운 후 길동을 데리고 내당에 들어가 부인께 알렸다. 부인이 놀라고 기뻐하며 길동의 손을 잡고 눈물을 흘렸다.

"어려서 집을 떠나 이제야 들어왔구나. 지난 일을 생각하면 내가 오히려 부끄럽다. 삼사 년간 연락을 아주 끊고 어디에 있었느냐? 대감께서 임종할 때 너를 잊지 못하시고 이러이러한 말씀을 남기고 가셨으니 어찌 원통하지 않겠는가?"

부인은 길동의 어머니를 불렀다. 어머니가 서둘러 들어와 길동을 만나니, 서로 흐르는 눈물을 막을 길이 없었다. 길동이 부인과 어머니를 위로한 후 형에게 말했다.

"제가 그동안 산에 숨어 지내며 지리를 익혔습니다. 대감의 산소로 정한 곳이 있는데 혹시 골라 둔 자리가 있습니까?"

형이 길동의 말을 반기며 아직 정하지 못했다는 말을 전하고, 가족이 모두 모여 밤이 새도록 밀린 이야기와 정을 나누었다.

이튿날 길동이 형을 모시고 한 곳에 이르러 말했다.

"이곳이 제가 정한 땅입니다."

길현이 사방을 살펴보았다. 겹겹이 쌓인 돌산은 험준했고, 오래된 무덤이 잇따라 늘어섰다. 내심 불만스러워 말했다.

"동생의 높은 소견은 알 수 없으나 나는 이곳에 모실 생각이 없구나. 점을 쳐 다른 땅을 알아보라."

길동이 거짓으로 탄식하며 말했다.

"보기에는 이래도 여러 대에 걸쳐 장수와 재상을 낼 땅인데 형님 마음에 들지 않으니 안타까울 뿐입니다."

도끼를 들어 돌을 치니, 오색 기운이 일며 청학 한 쌍이 날아갔다. 이 모습을 본 형이 크게 뉘우치곤 길동의 손을 잡고 말했다.

"어리석은 형 탓에 좋은 묏자리를 잃었으니 어찌 애달프지 않겠는가? 바라건대 다른 땅은 없느냐?"

길동이 말했다.

"한 곳이 있긴 하나 수천 리 밖이라 염려스럽습니다."

길현이 말했다.

"수만 리 길이면 어떠냐? 이제 돌아가신 아버지께서 편히 쉴 만한 곳이면 거리를 따지지 않겠다."

둘이 집으로 돌아와 그 이야기를 전하니, 부인이 무척 안타까워했다. 날을 골라 대감 신주를 모시고 제도로 향하기 전, 길동이 부인께 여쭈었다.

"소자가 돌아온 후 아직 모자의 정을 다 나누지 못했습니다. 대감 신주에 아침저녁으로 음식을 올리는 것 또한 쉬운 일이 아니니 이번 길에 어머니를 모시고 갔으면 합니다."

부인이 허락했다.

곧바로 출발해 서강에 다다랐다. 군사들이 큰 배 한 척과 함께 기다리고 있었다. 상여를 배에 모신 후 짐 부리는 종들을 다 돌려보냈다. 형과 어머니를 모셔 끝이 보이지 않는 바다로 나아가니 어디로 향하는지 알 수 없었다.

며칠 후 섬에 도착했다. 상여를 대청마루 위에 모시고 날을 골라 일봉산에서 장례를 치렀다. 묏자리를 만드는 모습이 한 나라의 능을 꾸미는 듯했다. 분에 넘친다 싶어 놀라는 형에게 길동이 말했다.

"형님은 걱정하지 마십시오. 이곳은 조선 사람이 출입하는 곳이 아니며 자식이 부모를 후하게 장사 지내도 죄 될 것이 없습니다."

가족은 안장을 마치고 섬으로 돌아와 몇 달을 머물렀다. 형이 고향으로 돌아가고자 하니 길동은 길 떠날 준비를 도운 후 이별을 고하며 말했다.

"형님을 다시 볼 날이 막막합니다. 어머니는 이미 여기 오셨으니 모자의 인정과 도리가 있어 차마 떠나지 못하며, 형님은 대감을 생전에 모셨으니 따로 한은 없을 것입니다. 아버님 제사는 제가 받들어 불효의 죄를 만분의 일이라도 덜겠습니다."

둘이 함께 산소에 올라 하직 인사를 드리고 내려왔다. 길현은 길동의 어머니와 백 씨에게 작별 인사를 하며 서로 다시 만날 것을 약속하고는 못내 애틋하게 여겼다. 작은 배 한 척을 서둘러 타고 고국으로 향하기 전, 길동의 손을 잡고 말했다.

"슬프다. 언제 다시 만나겠느냐? 동생은 내 마음을 살펴 생전에 대감 산소를 다시 보게 하라."

길현이 하염없이 눈물을 흘려 옷깃이 다 젖었다. 길동 또한 눈물 흘리며 말했다.

"형님은 고국에 돌아가 부인을 모시고 건강히 오래 사십시오. 남북으로 수천 리 떨어져 있으니 다시 만날 약속도 어렵습니다. 형제가 이불을 같이 덮을 수도, 함께 어려움에 대처할 수도 없습니다. 그저 북으로 가는 기러기를 속절없이 탄식하며 동쪽으로 흐르는 물을 바라볼 따름이겠지요. 살아서는 떨어져 있다 끝내 이별하게 되었으니, 그 심정이야 서로 한가지일 것입니다. 아무리 의지가 굳어도 어찌 견딜 수 있겠습니까?"

두 줄 눈물이 뚝뚝 떨어졌다. 진실로 상심에 가득 찬 한마디였다. 이들을 위해 강물도 소리를 그치고, 구름도 머무는 듯하니 차마 서로 떠나지 못했다. 슬픔을 참으며 서로를 위로하고 배를 띄웠다. 몇 달 후 고국에 돌아온 길현은 부인을 만나 산소에 대한 사연과 다른 일들을 낱낱이 이야기했다. 부인도 애달피 여겼다.

율도국 정복

한편 길동은 형과 이별한 후 군사들에게 농사를 권하고 군법을 가르치며 조용히 삼년상을 지냈다. 양식이 넉넉했고 수만 군졸의 무예와 말달리고 행군하는 능력이 천하제일이었다.

가까이에 율도국이 있었다. 중국을 섬기지 않고 수십 대를 이어오며 널리 덕으로 다스리니, 나라는 태평했고 백성의 삶은 넉넉했다. 길동이 군사들과 의논하며 말했다.

"어찌 이 섬만 지키며 세월을 보내겠는가? 율도국을 치고 싶은데 각자 의견들이 어떠한가?"

즐겨 원하지 않는 사람이 하나도 없었다.

곧바로 날을 잡아 군사를 일으켰다. 세 호걸로 선봉을 세우고, 김인수로 후군장을 삼고, 길동 스스로 대원수가 되어 가운데 진영을 지휘하니 기병 오천 명에 보병이 이만 명이었다. 징과 북과 함성이 강산을 흔들었고, 깃발과 칼과 창은 해와 달을 가렸다. 군사들을 재촉해 율도국으로 향했다. 다들 당해 내지 못하고 성문을 열며 항복했다. 몇 달 동안에 칠십여 성을 차지하니 위엄이 온 나라를 흔들었다. 길동은 도성 오십 리 밖에 진을 치고 율도 왕에게 격문을 썼다.

의병장 홍길동이 율도 왕에게 글을 드리오. 나라는 한 사람이 오래 지키지 못하는 것이오. 은나라 탕왕은 하나라 걸왕을 쳤고, 주나라 무왕은 은나라 주왕을 내쳤으니, 다 백성을 위해 어지러운 시대를 평정했던 바라. 의병 이십만을 거느려 칠십여 성을 굴복시키고 여기에 이르렀으니, 왕은 대세를 감당할 만하거든 나와 겨루고 안 되겠다 싶으면 항복해 하늘의 명을 받으시오.

위로의 말도 더했다.

백성을 위해 바로 항복하면 한 지방의 벼슬을 주겠소. 그대의 나라를 망하게 하지는 않겠다는 말이오.

율도 왕은 갑자기 이름 없는 도적에게 칠십여 주를 빼앗겼고, 이제 도성을 내놓을 지경에 이르렀다. 지혜로운 신하도 대책을 세우지 못하는 판에 격문까지 들어오니, 조정의 모든 신하가 우왕좌왕하고 장안이 뒤흔들렸다. 신하들이 의논하며 말했다.

"도적과 맞서 싸우기는 어렵습니다. 도성을 굳게 지키고, 기병을 보내 군수품과 군량 나르는 길을 막으십시오. 적병이 싸우지도 못하고 물러갈 길도 없으니 몇 달 되지 않아 적장의 머리를 성문에 달 수 있습니다."

의논이 분분하던 중 수문장이 급히 아뢰었다.

"적병이 벌써 도성 십 리 밖에 진을 쳤습니다."

율도 왕이 크게 분노했다. 우수하고 강한 군사 십만을 뽑아 친히 대장이 되고 삼군을 독려해 호수를 막고 진을 쳤다.

이때 길동이 지형을 살핀 후에 여러 장수와 의논하며 말했다.

"내일이 되면 율도 왕을 사로잡을 것이니 군령을 어기지 마라."

여러 장수를 나누어 보내면서 세 호걸을 불러 말했다.

"그대들은 군사 오천을 거느려 양관 남쪽에 숨었다가 호령을 기다려 이리이리하라."

후군장 김인수를 불러 말했다.

"그대는 군사 이만을 거느려 양관 오른쪽에 숨었다가 호령을 기다려 이리이리하라."

좌선봉 맹춘을 불러 말했다.

"그대는 용맹한 기병 오천을 거느리고 율도 왕과 싸우다가 패한 척하며 왕을 양관으로 끌어들여라. 병사들이 양관 입구까지 쫓아 들어오면 이리이리하라."

길동은 그에게 대장의 깃발과 하얗게 빛나는 창, 누런빛을 띤

도끼를 주었다.

　이튿날 새벽. 맹춘이 병영의 문을 활짝 열고 대장 깃발을 앞에 세운 채 외쳤다.

　"무도한 율도 왕이 감히 천명을 거부하는구나. 나를 대적할 재주 있거든 빨리 나와라. 한판 실력을 겨루자."

　맹춘은 적진으로 세차게 달려들어 힘과 재주를 뽐냈다. 적진의 선봉 한석이 말을 달려 나오며 외쳤다.

　"너희는 어떤 도적이기에 임금의 위엄도 모르고 태평한 시절을 어지럽히느냐? 오늘 너희를 사로잡아 민심을 편안케 하리라."

　두 장수가 맞서 싸웠다. 몇 합 겨루지 않아 맹춘이 칼을 번쩍이며 한석의 머리를 베어 들고 좌우를 누비며 말했다.

　"율도 왕은 죄 없는 장졸을 다치게 하지 말고 어서 항복해 남은 목숨을 구하라."

　선봉이 패하자 율도 왕은 분통을 터뜨렸다. 녹색 도포와 구름무늬 갑옷에 검붉은 투구를 쓰고는, 왼손에 방천극*을 들고 천리마를 몰아 진영 앞에 나서며 외쳤다.

　"쓸데없는 소리 집어치우고 나의 창을 받아라."

　맹춘이 십여 합을 겨룬 후 패배한 척 말 머리를 돌려 양관으로

---

*　방천극　초승달처럼 생긴 큰 칼이나 창 모양으로 만든 무기

향하니, 율도 왕이 꾸짖어 말했다.

"적장은 달아나지 말고 말에서 내려 항복하라."

말을 재촉해 맹춘을 따라가는데 적장이 골짜기 입구에서 무기를 버리고 산골짜기로 달아났다. 율도 왕은 무슨 계략이 있을까 의심하다가 혼잣말로,

"네놈의 간사한 꾀를 내 어찌 겁내겠는가?" 하고 군사를 호령해 서둘러 뒤따랐다.

이때 지휘대에 선 길동이 양관 입구로 들어오는 율도 왕을 보았다. 신병神兵 오천을 호령해 대군과 합세하게 한 후 양관 입구에 팔진을 쳐 돌아갈 길을 막았다. 왕이 적장을 쫓아 골짜기 깊숙이 들어오니 포 소리와 함께 사방에 숨어 있던 군사들이 합세했다. 세력이 비바람 같았다. 율도 왕이 속은 것을 알고 군사를 되돌려 나오는데, 양관 입구에서 길을 막고 진을 쳤던 길동의 대군이 천지가 진동하도록 항복하라고 소리쳤다. 왕이 온 힘을 다해 진의 문을 돌파하려 하자 갑자기 비바람이 심하게 불고 천둥과 벼락이 진동해 아무것도 보이지 않게 되었다. 군사들이 당황해 갈 곳을 몰랐다. 길동은 신병을 호령해 적장과 군졸을 일시에 묶어버렸다. 무척 놀란 율도 왕이 어쩔 줄 몰라 하며 빠져나가려 했지만 팔진을 어떻게 벗어나겠는가? 말 한 필 창 한 자루만으로 이리저리 달리니, 길동이 여러 장수를 호령해 붙잡아 묶으라고 외치는 소리가 서릿발 같았다. 왕은 사방을 살폈다. 따르는 군사가 하나도 없었다. 벗어

나기 어려움을 깨닫고 분을 이기지 못해 스스로 목숨을 끊었다.

길동이 삼군을 거느리고 승전고를 울리며 본진으로 돌아왔다. 음식을 베풀어 군사를 위로한 후, 왕의 예로 율도 왕을 장사 지내고 삼군을 독려해 도성을 에워쌌다. 율도 왕의 장자가 흉한 소식을 듣고 하늘을 우러러 탄식하다가 스스로 목숨을 끊었다. 신하들은 어쩔 수 없이 율도국의 옥새를 들고 항복했다. 대군과 함께 도성에 들어간 길동은 백성을 위로하는 한편 율도 왕의 아들 또한 왕의 예로 장사했다. 각 읍에 사면을 내리고 죄인을 모두 석방하며, 창고를 열어 백성에게 먹이니 온 나라 사람 모두가 그 덕을 치하했다.

길동은 날을 골라 왕위에 올랐다. 승상을 태조대왕으로 추존했고 능 이름은 현덕능으로 정했다. 어머니는 왕대비에, 백용은 부원군에, 백 씨는 중전 왕비에, 정 씨와 통 씨 두 사람은 정숙비에 봉했다. 세 호걸은 병조판서 대장군으로 봉해 병마를 책임지게 하고, 김인수는 청주절도사로 삼았고, 맹춘은 부원수에 임명했다. 다른 장수들에게도 차례로 상을 내려 주었다. 단 한 사람도 불만을 품지 않았다.

모든 뜻을 이루다

새 왕이 왕위에 오른 뒤 시절이 태평해 풍년이 이어졌고, 나라와 백성이 편안해 사방에 일이 없었다. 임금의 덕이 널리 퍼졌고 민심은 아름다웠다.

태평세월을 보내던 수십 년 후 대왕대비가 승하하시니 일흔셋이었다. 왕이 크게 슬퍼하며 예를 갖추어 장사를 지냈다. 그 효성에 신하와 백성들이 감동했다. 대왕대비 또한 현덕릉에 안장했다.

왕은 아들 셋, 딸 둘을 두었다. 장자 항이 아버지의 풍채와 태도를 지녀 신하와 백성 모두 산봉우리같이 우러렀다. 왕이 장자를 태자에 봉하고 여러 고을에 사면을 크게 내리며 잔치를 베풀고 즐기니 왕의 나이 일흔둘이었다. 왕이 기분 좋게 취한 후 칼을 잡고 춤추며 노래했다.

칼을 잡고 오른편에 비스듬히 기대니

남쪽 큰 바다는 몇 만 리 밖인가?

대붕이 날아가니 회오리바람이 분다

춤추는 소매 바람 따라 휘날리니

해 뜨는 동쪽과 해 지는 서쪽이구나

세상 티끌을 쓸어버리고 태평을 이루었으니

복된 구름이 일어나고 복된 별이 비친다

용맹한 장수가 사방을 지키고 있어

도적이 국경을 엿볼 수가 없구나

이날 왕위를 태자에게 전하고 다시 각 읍에 사면을 크게 내렸다.

도성 삼십 리 밖 월영산에는 예로부터 신선이 득도한 자취가 가득했다. 도사 갈홍이 불사약을 만들던 부엌과 선녀 마고가 하늘로 올라간 바위가 있어, 기이한 화초와 한가로운 구름이 늘 머무는 곳이었다.

그 경치를 사랑한 왕은 신선 적송자를 따라서 놀고자 했다. 산중에 작은 누각을 지어 중전 백 씨와 함께 살며 곡식을 끊고 천지의 정기를 마셔 신선이 되는 도를 배웠다. 왕위에 오른 태자는 한달에 세 번씩 부왕과 모비를 찾아와 문안 인사를 올렸다.

하루는 천둥과 벼락이 천지를 흔들고 오색구름이 월영산을 둘렀다. 곧이어 천둥소리가 그치고 하늘과 땅이 환히 밝아지며 선학

우는 소리가 크게 들리더니, 대왕과 중전이 사라졌다. 왕이 서둘러 월영산에 올라가 보았으나 자취가 막연했다. 슬픈 마음을 이기지 못해 하늘을 바라보며 끝없이 울었다. 부왕과 모비의 두 신위를 현능에 모시고 거짓 장사를 지냈다. 사람들이 한결같이 말했다.

"우리 대왕은 도를 닦아 죽지 않고 신선이 되어 하늘로 올라가셨다."

새 왕은 백성을 사랑하고 덕으로 다스리는 데 힘썼다. 풍년이 들어 태평한 세월을 즐기는 노래가 나라 곳곳에 울려 퍼졌다. 성군의 자손이 대대로 이어받아 태평스러운 날들을 보냈다.

조선 홍 승상 댁 대부인은 나이가 들어 돌아가셨다. 장자 길현이 예절을 극진히 갖추어 선산의 남은 기슭에 장례하고 삼년상을 지낸 후, 조정에서 벼슬을 얻었다. 처음에는 한림학사와 대간을 겸했고, 계속 승진해 병조정랑과 홍문관 교리와 수찬을 겸했고, 또 승진해 승상이 되었다. 이렇듯 복을 받아 삼정승과 육판서를 지내니 그 영화가 온 나라의 으뜸이었다. 다만 매일같이 부모의 산소를 생각하고 동생을 그리워해도 남북의 길이 갈렸기에 슬퍼해 마지않았다.

아름답다, 길동이 행한 일들이.
원한 것을 흔쾌히 이룬 장부로다. 비록 천한 어미에게서 태어났으나 가슴에 쌓인 원한을 풀어 버리고, 효성과 우애를 모두 갖추어 한 몸의 운수를 깨끗이 이루었구나. 만고에 드문 일이므로 후세에게 알리는 바이다.

경판

30장본

청룡이 깃든 아이

어디, 이야기를 한번 시작해 볼까?

세종대왕 때 한 재상이 있었다. 성은 홍, 이름은 아무개였다. 대대로 이어진 명문가 출신으로 어린 나이에 과거에 급제해 이조판서에 이르렀다. 명망이 높았고, 충과 효를 함께 갖추어 온 나라 사람 모두 그의 이름을 알았다.

일찍이 두 아들을 두었다. 큰아들의 이름은 인형으로 정실부인 유 씨에게서, 둘째 아들의 이름은 길동으로 몸종 춘섬에게서 태어났다.

홍공이 길동을 얻었을 때 꿈을 꾸었다. 천둥과 벼락이 갑자기 진동하고 청룡이 수염을 거스르며 달려들었다. 놀라서 깨니 한바탕 꿈이었다. 공이 마음속으로 크게 기뻐하며,

'용꿈을 꾸었으니 반드시 귀한 자식을 얻을 것이다' 생각하고

서둘러 내당으로 갔다. 유 씨 부인이 내려와 맞았다. 공이 기쁜 마음으로 고운 손을 잡아끌어 사랑을 나누려 했다. 부인이 얼굴빛을 엄숙히 바꾸며 말했다.

"체통을 존중하시는 상공께서 어리석고 경박한 사람처럼 행동하려 하시니 저는 따르지 않겠습니다."

부인은 손을 뿌리치고 나갔다. 공이 화가 나고 무안해 바깥채로 나온 후 부인의 어리석음을 한탄했다. 마침 몸종 춘섬이 차를 올리러 왔다. 주위에 인적이 없어 춘섬을 끌고 작은 방으로 들어가 사랑을 나누었다. 춘섬의 나이 열여덟이었다.

춘섬은 한번 몸을 허락한 후로 외출을 삼갔고 다른 사람은 쳐다보지도 않았다. 공이 기특하게 여겨 첩으로 삼았다. 아이를 가진 춘섬은 열 달 만에 옥동자를 낳았다. 기골이 비범해 영웅호걸의 기상이었다. 공은 기뻤으나 부인의 아이가 아닌 것을 한탄했다.

깊은 한을 품고서

길동이 빠르게 자라 여덟 살이 되었다. 눈에 띄게 총명해서 하나를 들으면 백을 알았다. 공이 더 사랑하고 소중히 여겼으나 근본이 천한 까닭에 아버지를 아버지라 부르고 형을 형이라 부르면 꾸짖었다. 길동은 열 살이 넘도록 감히 아버지와 형을 부르지 못했다. 하인들마저 길동을 무시하자 원통한 마음이 뼈까지 사무쳐 좀처럼 마음을 잡지 못했다.

구월, 가을 보름이 되었다. 둥근 달은 밝았고 맑은 바람은 쓸쓸히 불어와 사람의 마음을 어지럽혔다. 길동이 글을 읽다가 책상을 밀치며 탄식했다.

"대장부가 세상에 태어나 공자와 맹자를 본받지 못하면, 병법을 공부해 대장군의 도장을 허리에 비껴 차고 동과 서를 정벌해 나라에 큰 공을 세우고 이름을 만대에 빛내는 것이 장부가 해야 할 기쁜 일이다. 그런데 내 한 몸은 왜 이렇게 외로울까? 아버지와 형이 있어도 아버지와 형이라 부르지 못하니 심장이 터질 지경이다. 참으로 원통하구나!"

말을 마친 길동은 뜰에 내려와 검술을 연습했다. 마침 달빛을 구경하던 공이 길동을 보고는 곧바로 불러서 물었다.

"무슨 일이 있기에 밤이 깊도록 깨어 있느냐?"

길동이 공손하게 대답했다.

"소인도 마침 달빛을 즐겼습니다. 하늘이 만든 만물 중 사람이 가장 귀하오나, 소인은 전혀 귀하지 않으니 어찌 사람이라 하겠습니까?"

공이 말뜻을 짐작하면서도 일부러 혼내듯 말했다.

"도대체 무슨 말을 하는 게냐?"

길동이 두 번 절하고 대답했다.

"대감의 정기를 받아 당당한 남자가 되었으니 부모님께서 낳으시고 길러 주신 은혜가 깊습니다. 그런데 아버지를 아버지라 부르지 못하고 형을 형이라 부르지 못하니 어찌 사람이라 하겠습니까? 이 점이 평생 서럽습니다."

길동의 눈물이 겉옷을 적셨다. 공은 안타깝게 여겼으나 괜히 위로하면 마음이 방자해질까 두려워 크게 꾸짖었다.

"재상가 천한 노비의 소생이 너뿐인 것도 아닌데 왜 이리 방자하냐? 한 번 더 이런 말을 꺼내면 다시는 널 보지 않겠다."

길동은 한마디도 더 못하고 땅에 엎드려 눈물만 흘렸다. 공이 물러가라 명해 방으로 돌아온 뒤에도 슬픔을 이기지 못했다. 원래 재주가 뛰어나고 도량이 넓었으나 마음을 다잡지 못하고 잠을 못이루더니, 어느 날 어머니 방으로 찾아가 울면서 말했다.

"소자, 어머니와 맺은 전생의 인연이 두터워 지금 세상에서 모자가 되었으니 은혜가 깊고 깊습니다. 그러나 팔자가 사나워 천한 몸이 되었으니 품은 한 또한 깊고 깊습니다. 장부가 세상에 태어나 천대받으며 살 수는 없겠지요. 소자는 제 마음을 이기지 못해 이제 어머니 곁을 떠나려 합니다. 부디 어머니께서는 염려하지 마시고 귀한 몸을 잘 돌보십시오."

어머니가 깜짝 놀라서 말했다.

"재상가 천한 노비의 몸에서 태어난 자식은 너뿐이 아니다. 왜 이리 옹졸하게 굴어 이 어미의 애를 태우느냐?"

길동이 대답했다.

"옛날 장충의 아들 길산은 천하게 태어났으나, 열세 살에 어머니와 이별하고 운봉산에 들어가 도를 닦아 아름다운 이름을 후세에 전했습니다. 소자도 그를 본받아 세상을 벗어날 생각이니 어머니께서는 안심하시고 훗날을 기다리십시오. 곡산 어미가 하는 꼴을 보니 상공의 총애를 잃을까 싶어 우리 모자를 원수로 여깁니다. 그냥 있다가는 큰 화를 입을 듯하니 소자가 떠나는 것을 염려하지 마십시오."

그 말을 들은 어머니가 다시 슬퍼했다.

초란의 음모

곡산 어미는 원래 곡산 기생이었는데 상공의 사랑을 받는 첩이 되었다. 이름은 초란으로 무척 교만하고 방자했다. 누구건 자기 마음에 맞지 않으면 공에게 꾸며 일러바치니, 집안에 폐단이 끊이지 않았다. 저는 아들이 없고 춘섬은 아들을 낳아 상공이 길동을 늘 귀히 여기는 것을 마음속으로 원망했다. 길동을 없애려고 일을 꾸민 까닭이었다.

하루는 초란이 흉계를 생각해 내고는 무녀를 불러 말했다.

"길동이 사라져야 내 한 몸이 평안하리. 소원을 이루어 준다면 은혜는 후하게 갚겠다."

무녀가 기뻐하며 대답했다.

"흥인문 밖에 관상을 제일 잘 보는 여자가 있는데, 사람의 상을 한 번 보면 전날과 훗날의 길흉을 알아낸다고 합니다. 이 사람을 불러 원하는 바를 자세히 알려 주고, 상공에게 추천해 앞뒤의 일을 눈으로 본 듯이 말하게 하십시오. 상공이 틀림없이 크게 흘려 그 아이를 없애고자 하실 것이니, 그때를 타 이러하고 저러하면 어찌 묘한 계책이 아니겠습니까?"

초란이 무척 기뻐했다. 은돈 오십 냥을 건네며 관상녀를 불러오라고 하니, 무녀가 하직하고 물러갔다.

이튿날 공이 내당을 찾아 길동에 관한 이야기를 부인과 나누었다. 비범하나 천하게 태어난 처지를 안타까워하는데, 갑자기 한 여자가 들어와 대청마루 아래에 서서 문안을 올렸다. 공이 이상하게 여겨 물었다.

"누구이며 무슨 일로 왔느냐?"

그 여자가 말했다.

"소인은 관상을 보는 사람인데, 우연히 상공의 문 앞에 이르렀습니다."

공은 길동의 장래가 궁금해 곧바로 길동을 불렀다. 관상녀가 천천히 보다가 놀라며 말했다.

"공자의 상을 보니 천고의 영웅, 일대의 호걸입니다. 신분이 좀 낮으나 다른 염려는 없습니다. 그런데…."

관상녀가 갑자기 머뭇거렸다. 의아하게 여긴 공과 부인이 채근했다.

"무슨 말이냐? 똑바로 말해라."

공이 사람들을 모두 내보내고 나서야 관상녀가 말했다.

"가슴속에 조화가 무궁하고 눈썹 사이에 산천의 정기가 눈부시게 빛나니 진실로 왕이나 제후의 기상입니다. 자라면 가문을 멸망시킬 화를 불러올 것입니다. 깊이 생각하소서."

공은 너무 놀란 나머지 한참 말을 잇지 못했다. 마침내 마음을 진정시킨 후,

"사람의 팔자는 피하기 어렵다. 너는 이 말을 누설해서는 안 된다" 하고 당부하며 관상녀에게 은돈을 쥐어 보냈다.

그날 이후 공은 길동을 산속 정자에 머물게 하고 행동 하나하나를 감시했다. 이런 일까지 당하자 길동은 더욱 서러웠으나 달리 방법이 없어 병법서 《육도삼략》과 천문지리를 공부했다. 공이 이 사실을 알고 무척 근심하며 말했다.

"원래부터 재주가 있는 놈이라 분수에 넘치는 마음을 품으면 관상녀의 말처럼 될 것이다. 이 일을 어쩌면 좋겠는가?"

이때 무녀, 관상녀와 짜고 공의 마음을 놀라게 하는 데 성공한 초란은 길동을 없애려고 큰돈을 들여 자객을 구했다. 자객의 이름은 특재였다. 앞뒤의 일을 자세히 알려 준 후 초란이 공에게 와서 아뢰었다.

"전에 왔던 관상녀가 사람의 일을 귀신같이 알아맞혔는데, 앞으로 길동을 어찌하려 하십니까? 천한 첩도 놀랍고 두려우니 일찍

감치 없애는 편이 좋을 듯합니다."

공이 눈썹을 찡그리며,

"이 일은 내 손바닥 안에 있으니 번거롭게 굴지 마라" 하고 물리치기는 했으나 마음은 심란했다. 잠을 제대로 이루지 못해 결국 병에 걸려 자리에 누웠다. 부인과 좌랑 인형이 걱정으로 안절부절못하자 초란이 두 사람을 모셔 놓고 말했다.

"상공의 깊은 병환은 길동 때문입니다. 저의 얕은 소견으로는, 길동을 죽여 없애면 상공도 쾌차하시고 가문도 보존할 수 있습니다. 어떠신지요?"

부인이 대답했다.

"아무리 그렇다고 하나 천륜이 지극히 중하니 어찌 그런 일을 하겠는가?"

초란이 말했다.

"듣자오니 특재라는 자객이 사람 죽이기를 주머니 속에서 물건 꺼내듯 쓱 해치운다 합니다. 그에게 큰돈을 주어 밤에 몰래 길동을 죽이면 어떻겠습니까? 상공이 아시더라도 손쓸 길 없으실 테니 부인께서는 다시 생각해 보십시오."

부인과 좌랑이 눈물을 흘리며 말했다.

"사람으로서 차마 못할 짓이나, 첫째는 나라를 위함이고, 둘째는 상공을 위함이고, 셋째는 가문을 보존하기 위함이다. 네 계획대로 하라."

초란이 크게 기뻐하며 다시 특재를 불러 이 말을 자세히 이르고, 오늘 밤 서둘러 해치우라고 말했다. 특재가 승낙하고 밤이 깊어지기만을 기다렸다.

집을 떠나다

한편 길동은 원통한 일들을 생각하면 잠시도 머물고 싶지 않았다. 상공의 명령이 워낙 엄해 달리 도리가 없기에 산속 거처에서 뜬눈으로 밤을 지새우다시피 하며 지냈다. 그러던 어느 날 밤, 촛불을 밝히고《주역》을 펼쳐 읽었다. 깊이 생각하던 중 까마귀가 세 번 울고 지나가는 소리를 들었다. 길동이 이상하게 여겨 혼자서 중얼거렸다.

"본래 밤을 꺼리는 짐승이 울고 가니 무척 불길하다."

길동은 팔괘*를 벌여 점을 쳤다가 깜짝 놀랐다. 책상을 물리치고 둔갑법을 써서 주위를 살폈다. 사경** 쯤 되었을까, 한 사람이 비수를 들고 천천히 방문을 열고 들어왔다. 길동은 서둘러 몸을 감추

---

*   팔괘   《주역》에 나오는 여덟 괘
** 사경   새벽 1시~3시

고 주문을 외웠다. 한바탕 음산한 바람이 불며 집은 사라지고 첩첩
산중의 장엄한 풍경이 나타났다. 깜짝 놀란 특재는 길동의 조화가
신기함을 깨달았다. 비수를 감추고 피하려 했으나 갑자기 길이 끊
어지고 층층 절벽이 앞을 막아 꼼짝을 할 수 없었다. 사방으로 헤
매는데 난데없이 피리 소리가 들렸다. 정신을 차리고 쳐다보니 나
귀를 타고 오던 소년이 피리를 멈추고 꾸짖었다.

"무슨 일로 나를 죽이려 하느냐? 죄 없는 사람을 죽이면 천벌을
받는다는 것도 모르는가?"

소년이 주문을 외웠다. 검은 구름이 크게 일어났다. 큰비가 쏟
아지고 모래와 돌멩이가 날아다녔다. 특재가 정신을 추스르고 살
피니 길동이었다. 재주는 신기했으나 '어찌 나에게 맞서겠는가?'
하고 단단히 마음을 먹은 뒤 달려들며 큰 소리로 말했다.

"너 비록 죽더라도 나를 원망하지 마라. 초란이 무녀와 관상녀
를 끌어들여 상공과 의논하고 너를 죽이려는 것이니, 나를 원망하
지는 말란 말이다."

특재가 칼을 들고 달려들었다. 길동이 분을 참지 못하고 요술로
특재의 칼을 빼앗은 후 크게 꾸짖었다.

"재물에 눈이 멀어 사람 죽이기를 좋아하는구나. 무도한 놈을
죽여 후환을 없애리라."

칼을 한 번 들자 특재의 머리가 방 가운데로 떨어졌다. 분을 이
기지 못한 길동은 다시 관상녀를 잡아 와서 특재가 죽은 방에 밀

어 넣고 꾸짖었다.

"나와 무슨 원수를 졌기에 초란과 손을 잡고 나를 죽이려 하느냐?"

길동이 칼로 베니, 어찌 불쌍하지 않겠는가?

두 사람을 죽인 길동은 하늘을 살폈다. 은하수는 서쪽으로 기울었고 희미한 달빛이 슬픔을 더했다. 여전히 분이 풀리지 않았다. 초란마저 죽이려고 마음먹었다가 상공이 사랑하심을 깨닫고 칼을 내던졌다. 집을 떠나서 살길을 찾자 생각했다. 곧바로 상공의 침소에 가서 하직 인사를 올리려 하는데, 창밖에서 인기척을 느낀 공이 창을 열었다. 길동이었다.

공이 길동을 가까이 불러 말했다.

"밤이 깊었는데 왜 아직 깨어서 방황하느냐?"

길동이 땅에 엎드려 대답했다.

"소인은 일찍부터 부모님께서 낳아 길러 주신 은혜를 만분의 일이라도 갚는 것만 생각했는데, 집안에 의롭지 못한 사람이 있어 상공께 저를 모함하고 죽이려 했습니다. 겨우 목숨은 건졌으나, 상공을 모실 길이 없기에 오늘 하직 인사를 드립니다."

공이 무척 놀라서 물었다.

"무슨 변고이기에 어린아이가 집을 버리고 가며, 또 어디로 가려고 하느냐?"

길동이 대답했다.

"날이 밝으면 자연히 아시게 될 것입니다. 소인의 신세는 흘러가는 뜬구름과 같습니다. 상공께서 버린 자식이 어찌 갈 곳을 미리 정했겠습니까?"

두 줄기 눈물이 하염없이 흘러내려 말을 잇지 못했다. 공이 그 모습을 보고 불쌍하게 여겨 타이르며 말했다.

"네가 품은 한을 짐작한다. 오늘부터 아버지와 형을 아버지와 형이라 부르는 것을 허락하노라."

길동이 두 번 절하며 말했다.

"소자의 유일한 바람을 들어주시니 죽어도 한이 없습니다. 엎드려 바라건대 건강히 오래 사십시오."

길동이 두 번 절하고 떠났다. 공이 더 붙들지 못하고 몸조심하기만을 당부했다.

길동은 어머니에게도 가서 이별을 알렸다.

"소자, 지금 어머니 곁을 떠납니다. 다시 모실 날이 있을 것이니 귀중한 몸을 잘 보살피십시오."

좋지 않은 일이 있음을 알아차린 춘섬이 떠나려는 아들의 손을 잡고 통곡하며 말했다.

"도대체 어디로 가려는 생각이냐? 한집에 있어도 멀리 떨어져 있어 늘 그리워했는데 이제 너를 정처 없이 보내고 내 어찌 살겠느냐? 곧 돌아와 다시 만나기를 간절히 바란다."

길동이 두 번 절하고 문을 나섰다. 구름 낀 먼 산은 첩첩이 늘어섰고, 지향 없이 길을 떠나니 어찌 가련하지 않으리오.

한편 초란은 특재에게서 소식이 없자 의아한 나머지 사람을 시켜 사정을 알아보았다. 길동은 사라졌고 특재와 관상녀의 시체만 방 안에 있다고 했다. 초란이 혼비백산해 급히 부인께 알렸다. 깜짝 놀란 부인은 좌랑에게 이야기를 전하고 상공께도 사실을 알렸다. 공 또한 대경실색하며 말했다.

"길동이 밤에 찾아와 슬퍼하며 하직 인사를 했소. 이상하게 여겼더니, 이런 일이 있었구려."

좌랑이 더 숨기지 못하고 초란이 꾸민 일을 고백했다. 분노한 공은 초란을 내쫓고 시체를 처리하며 하인들을 불러 이 일을 절대 입 밖에 내지 말라고 신신당부했다.

활빈당의 습격

한편, 부모와 헤어지고 문을 나선 길동은 당장 몸 둘 곳조차 없었다. 정처 없이 가다 경치 좋은 곳에 이르렀다. 민가를 찾아 점점 안으로 가니 큰 바위가 나타났는데 아래에 돌문이 있어 조심스럽게 열고 들어갔다. 평평하고 넓은 들판에 민가 수백여 채가 늘어섰고, 사람들이 모여 잔치를 즐기고 있었다. 그곳은 도적의 소굴이었다. 도적들이 길동을 보고 사람됨이 만만치 않음을 반기며 물었다.

"누구이기에 이곳을 찾아왔느냐? 영웅들이 여럿 모였으나 아직 우두머리를 못 정했다. 용맹한 힘이 있어 도전해 보고 싶다면 저 돌을 한번 들어 보라."

길동이 이 말을 듣고 다행스럽게 여겨 두 번 절하며 말했다.

"나는 경성 홍 판서의 천첩 소생 길동이라 하오. 집안의 천대를 피해 온 세상을 정처 없이 다니다가 우연히 이곳에 들어왔는데 모든 호걸이 동료가 되자고 권하니 감사할 뿐이오. 장부로 태어나 어찌 저만한 돌을 근심하겠소?"

길동은 그 돌을 들어 수십 보를 걷다가 휙 던졌다. 천 근 무게의 돌이었다. 도적들이 앞다투어 칭찬했다.

"과연 장사로다. 우리 수천 명 중 누구도 이 돌을 못 들었는데, 오늘 하늘이 도우셔서 장군을 주셨도다."

길동을 윗자리에 앉힌 도적들은 차례로 술을 권하고 백마를 잡아 그 피로 맹세하며 동지가 될 것을 굳게 약속했다. 사람들이 모두 단번에 승낙하고 종일 즐겼다.

이후 길동이 여러 사람과 함께 무예를 익히니 몇 달 지나지 않아 군법이 갖추어졌다. 그러던 어느 날 사람들이 길동에게 말했다.

"전부터 합천 해인사를 쳐 재물을 빼앗고 싶었으나, 지략이 부족해 미적거렸습니다. 장군의 의향은 어떠하십니까?"

길동이 웃으며 말했다.

"앞으로 군대를 움직일 것이니 그대들은 내 지휘대로 하라."

길동은 푸른 도포를 입고 검은 띠를 둘렀다. 나귀를 타고 부하 몇 명을 거느리고 나가며,

"절에 가서 동정을 살피고 오겠다" 하니 누가 보아도 재상가 자제였다.

절에 도착한 길동이 주지를 불러 말했다.

"나는 경성 홍 판서 댁 자제인데 글공부하러 왔다. 내일 백미 스무 석을 보낼 것이니 음식을 깔끔하게 차리면 와서 너희와 함께 먹겠다."

길동은 절 안을 두루 살펴본 후 후일을 기약하고 떠났다. 지켜보던 여러 중이 기뻐했다. 소굴로 돌아온 길동이 백미 스무 석을 보내고 부하들을 불러서 말했다.

"아무 날에 그 절에 가서 이리이리할 테니, 그대들은 뒤를 쫓아와 이리이리하라."

약속한 날이 되었다. 길동은 부하 수십 명을 거느리고 해인사에 도착했다. 중들의 안내를 받으며 절 안으로 들어간 길동이 노승을 불러 물었다.

"쌀을 보냈는데 음식을 만들기에 부족하지 않았는가?"

노승이 대답했다.

"부족하다니요? 황송하고 감격스럽습니다."

길동이 윗자리에 앉은 후 중들을 모두 불러 각기 상을 받게 했다. 먼저 술을 마시며 차례로 권하니 다들 황송해했다. 길동은 상을 받고 음식을 먹다가, 모래를 조용히 입에 넣고 확 깨물었다. 그 소리가 무척 컸다. 중들이 놀라 사죄하자 일부러 크게 화를 내며 꾸짖었다.

"어찌 음식을 이토록 더럽게 만들었느냐? 나를 업신여기기 때문일 터."

길동이 부하에게 명령을 내려 중들을 한 줄로 묶어 앉혔다. 겁을 먹은 중들은 어찌할 줄 몰랐다. 잠시 후 도적 수백여 명이 한꺼번에 달려들어 모든 재물을 마치 제 것 가져가듯 하니, 중들은 그저 쳐다보며 소리만 지를 뿐이었다.

이때 절에서 허드렛일하는 일꾼이 우연히 이 일을 목격하고 관가에 알렸다. 합천 수령은 관군을 모아 도적을 잡으라는 명령을 내렸다. 관군 수백 명이 도적의 뒤를 쫓는데, 소나무겨우살이를 엮어 만든 모자를 쓰고 장삼을 입은 중 하나가 산에 올라서서 외쳤다.

"도적이 북쪽 오솔길로 갔습니다. 빨리 가 잡으십시오."

관군은 절의 중이 가르쳐 주는 줄 알고 비바람처럼 빠르게 북쪽 오솔길로 향했다가, 날이 저문 후까지 헛수고만 했다.

도적들을 남쪽 큰길로 보낸 뒤 홀로 중의 옷을 입고 관군을 속인 건 길동이었다. 길동이 무사히 소굴로 돌아와서 보니 부하들은 빼앗아 온 재물을 가지고 이미 도착해 있었다. 도적들이 한꺼번에 몰려와 고맙다고 하자 길동이 웃으며 말했다.

"장부가 이만한 재주도 없어서야 어찌 우두머리가 되겠는가?"

이후로 길동은 스스로 활빈당이라는 호를 짓고 조선 팔도를 누볐다. 각 읍 수령에게 의롭지 못한 재물이 있으면 빼앗고, 가난하고 의지할 곳 없는 사람이 있으면 도왔다. 백성은 해치지 않았으며 나라의 재물은 털끝만큼도 건드리지 않았다. 도적들도 길동의 뜻을 알고 따랐다.

하루는 길동이 사람들을 모아 의논했다.

"지금 함경감사는 탐관오리로, 백성을 기름 짜내듯 괴롭히니 다들 견디지를 못한다. 그냥 보고 넘길 수 없다. 그대들은 내 지휘를 따르라."

길동과 도적들은 아무 날 밤으로 날짜를 잡은 후 한 사람씩 몰래 움직여 남문 밖에 불을 질렀다. 깜짝 놀란 감사가 불을 끄라고 명령하니, 아전과 하인과 백성이 한꺼번에 뛰어들어 불을 껐다. 그동안 길동의 수백 명 도적은 성안으로 들어가 창고를 열고 돈과 곡식과 무기를 빼앗아 북문으로 달아났다. 성안이 마치 물 끓듯 요란했다.

감사는 뜻밖의 사건에 어쩔 줄을 몰랐다. 날이 밝고 나서야 비로소 돈과 곡식과 무기가 없어진 것을 알고, 깜짝 놀라 도적 잡기에 온 힘을 기울였다. 그러던 중 갑자기 북문에 방이 붙었다.

아무 날 돈과 곡식을 훔친 자는 활빈당 우두머리 홍길동이다.

감사는 그 도적을 잡기 위해 군사를 움직였다. 도적들과 함께 돈과 곡식을 훔치던 길동은 길에서 잡힐 것을 염려해 둔갑법과 축지법을 써서 소굴로 돌아왔다. 날이 밝아 올 즈음이었다.

포도대장을 쫓다

하루는 길동이 사람들을 모아 놓고 말했다.

"합천 해인사에서 재물을 빼앗고 함경감영에서 돈과 곡식을 훔쳐 소문이 널리 퍼졌을 것이다. 내 이름까지 써서 감영에 붙였으니 오래지 않아 쉽게 잡힐 수도 있다. 그대들은 내 재주를 보라."

길동은 짚으로 허수아비 일곱을 만들어, 주문을 외우고 혼백을 붙였다. 일곱 길동이 팔을 휘두르며 크게 소리치고 한곳에 모여 야단스럽게 떠들어 댔다. 길동이 뛰어들자 누가 진짜 길동인지 구분할 수 없었다. 팔도에 하나씩 흩어진 길동들은 각각 사람을 수백여 명씩 거느리고 다녔다. 진짜 길동이 어느 곳에 있는지는 아무도 몰랐다.

여덟 길동이 바람과 비를 부르는 술법을 쓰며 팔도를 누볐다. 각 읍 창고의 곡식을 하룻밤 사이에 흔적도 없이 가져갔고, 관아에서 서울로 보내는 물품을 모조리 빼앗았다. 팔도 각 읍이 소란스러

위졌다. 사람들은 밤에도 잠을 이루지 못했고, 길에는 행인이 끊어졌다. 감사가 이 일로 장계를 올리니, 내용이 대략 이러했다.

난데없이 홍길동이라는 큰 도적이 나타났습니다. 바람과 구름을 만들고 각 읍의 재물을 빼앗으며, 서울에 올리는 물품을 차지하는 등 고약한 짓거리를 이루 헤아릴 수 없습니다. 이 도적을 잡지 못하면 앞으로 어떤 일이 벌어질지 모릅니다. 엎드려 바라건대 성상께서 좌우 포도청에 명령하시어 잡게 하소서.

깜짝 놀란 임금께서 포도대장을 불러오라 명하시는 동안에도, 연이어 팔도에서 장계가 올라왔다. 계속 뜯어보시니 도적 이름이 다 홍길동이고, 돈과 곡식을 잃은 날짜를 보니 한날한시였다. 임금께서 말씀하셨다.

"이 도적의 용맹과 술법은 전설의 치우*라도 당하지 못하겠다. 아무리 신기한 놈인들 어찌 한 몸이 팔도에 모두 있어 한날한시에 도적질하겠느냐? 보통 도적이 아니다. 잡기 어려우리니, 좌우 포도대장 모두 군사를 움직여라."

이때 우포도대장 이흡이 아뢰었다.

---

* 치우 중국 고대 신화 속 인물. 황제와의 전쟁에서 짙은 안개를 부려 적군을 괴롭혔다고 한다.

"신이 비록 재주는 없사오나 그 도적을 잡아서 오겠으니, 전하께서는 근심하지 마소서. 어찌 이깟 일에 좌우 포도대장이 나란히 나가겠습니까?"

임금께서 옳게 여겨 급히 길을 떠나라 재촉하시니, 이흡이 하직 인사를 올린 후 많은 포졸과 함께 길을 떠났다. 그들은 아무 날 문경에서 모이기로 약속하고 흩어졌다. 이흡은 포졸 서너 명만 거느리고 사람들이 알아보지 못하도록 옷을 바꾸어 입고 다녔다.

하루는 날이 저물어 주막에서 쉬고 있는데, 갑자기 한 소년이 나귀를 타고 들어와 인사를 했다. 포도대장이 답례하자 소년이 한숨을 쉬며 말했다.

"하늘 아래 임금의 땅이 아닌 곳이 없고, 땅에 사는 백성 가운데 임금의 백성이 아닌 사람이 없다고 하지요. 소생, 비록 시골에 살고 있으나 나라를 위해 근심을 합니다."

포도대장이 놀라는 척하며 물었다.

"그게 무슨 말인가?"

소년이 말했다.

"지금 홍길동이란 도적이 팔도를 누비며 난리를 일으켜 인심이 동요하고 있습니다. 그런데도 이놈을 잡지 못하니 어찌 분하지 않겠습니까?"

포도대장이 이 말을 듣고 말했다.

"그대는 기골이 장대하고 말이 충성스럽구려. 나와 함께 잡는 것은 어떻겠소?"

소년이 대답했다.

"벌써 잡고 싶었으나 힘을 갖춘 사람을 얻지 못했는데, 이제 그대를 만나 다행입니다. 그대 재주를 알지 못하니 조용한 곳에서 시험해 보고 싶습니다."

둘이 함께 가다가 한 곳에 이르렀다. 소년이 높은 바위 위에 올라앉으며 말했다.

"온 힘을 다해 두 발로 나를 차 보시오."

말을 마친 소년은 바위 끝으로 나아가 앉았다. 포도대장이 생각했다.

'제아무리 힘이 있다 한들 한 번 차면 안 떨어지고 배기겠는가?'

포도대장이 온 힘을 다해 두 발로 힘껏 차니, 소년이 갑자기 돌아앉으며 말했다.

"그대는 과연 장사로다. 지금껏 여러 사람을 시험했으나 꿈쩍하게 만드는 자는 없었는데, 그대에게 차이니 내장이 울리는 듯합니다. 나를 따라오면 길동을 잡을 수 있습니다."

포도대장은 깊은 산속으로 들어가는 소년을 보며 생각했다.

'나도 힘깨나 쓰는데, 저 소년의 힘 또한 보통이 아니로다. 그러나 이곳까지 왔으니 저 소년 혼자 길동을 잡는 걸 어찌 구경만 하리오!'

앞서가던 소년이 휙 돌아서며 말했다.

"여기가 길동의 소굴입니다. 먼저 들어가 살펴보겠습니다. 그대는 여기서 기다리십시오."

포도대장은 마음속으로 의심했으나 빨리 잡아 오라고 당부하고는 그냥 앉아 있었다. 잠시 후 산골짜기에서 갑자기 수십 군졸이 요란하게 소리를 지르며 내려왔다. 포도대장이 깜짝 놀라 피하려 했으나, 어느새 가까이 온 그들은 포도대장을 꽁꽁 묶으며 꾸짖어 말했다.

"네가 포도대장 이흡이냐? 우리는 염라대왕의 명령을 받고 너를 잡으러 왔다."

굵은 쇠사슬로 목을 옭아매고 비바람 치듯 몰아가는 바람에 포도대장은 혼이 나가 어쩔 줄을 몰랐다. 어느 곳에 이르러 소리를 지르며 꿇어앉으니, 포도대장이 정신을 차리고 위를 올려다보았다. 크고 넓은 궁궐에 헤아릴 수 없이 많은 황건역사들이 좌우에 버티고 섰다. 위쪽에 앉은 왕이 성난 목소리로 소리쳤다.

"평범하고 한심한 사내 주제에 홍 장군을 잡으려 했느냐? 너를 잡아 지옥에 가두겠다."

포도대장이 간신히 정신을 차리고 말했다.

"소인은 인간 세상의 보잘것없는 사람입니다. 죄 없이 잡혀 왔으니 살려 보내 주시기를 바라나이다."

필사적으로 애걸하자 궁궐 위에서 웃음소리가 나며 꾸짖었다.

"이 사람아! 나를 자세히 보라. 내가 바로 활빈당 우두머리 홍길동이다. 그대가 나를 잡으려 한다기에 그대의 힘과 뜻을 알고 싶었다. 어제 푸른 도포를 입은 소년으로 꾸미고 그대를 이곳으로 유인해 내 위엄을 보여 준 까닭이다."

말을 마친 길동은 부하들에게 명해 결박을 풀게 했다. 대청마루에 앉히고는 술을 권하며 말했다.

"부질없이 쏘다니지 말고 빨리 돌아가시오. 나를 보았다 하면 반드시 죄를 물을 것이니 아예 입 밖에도 내지 마시오."

길동이 다시 술을 권하고는 부하들에게 내보내라고 명령했다. 포도대장이 생각했다.

'꿈인가 생시인가? 어쩌다 이곳에 왔을까?'

길동의 조화를 신기하게 여기며 일어나서 나가려 하는데, 갑자기 몸을 움직일 수 없었다. 이상해서 정신을 차리고 주위를 살피니 가죽 자루 속이었다. 간신히 나와 둘러보았다. 다른 가죽 자루 셋이 나무에 걸려 있었다. 차례로 풀어 보니 처음 떠날 때 거느렸던 부하들이었다. 서로 쳐다보며 말했다.

"이 어찌 된 일인가? 떠날 때 분명 문경에서 모이자고 약속했는데, 여긴 도대체 어디인가?"

두루 자세히 보니 다른 곳이 아니라 북악산이었다. 네 사람은 어이없어하며 서울을 내려다보았다. 이홉이 부하들에게 물었다.

"너희는 어떻게 이곳에 오게 되었느냐?"

세 사람이 대답했다.

"소인들은 주점에서 자고 있었는데, 갑자기 비바람에 휩싸여 이리로 왔습니다. 어찌 된 일인지 하나도 모르겠습니다."

포도대장이 말했다.

"참으로 허무맹랑한 일이니 다른 사람에게 말하지 마라. 길동의 재주는 헤아릴 수 없으니 어찌 사람의 힘으로 그를 잡겠느냐? 우리가 이대로 돌아가면 분명 벌을 받을 테니, 몇 달 기다렸다가 돌아가도록 하자."

그러고는 산에서 내려왔다.

뒤집힌 홍 씨 가문

이때 임금께서는 팔도에 공문을 보내 길동을 잡아들이라고 하셨다. 그러나 길동이 부리는 변화는 예측하기 어려웠다. 고위 관료의 수레를 타고 서울 큰길을 오가고, 각 읍에 공문을 보낸 후 쌍가마를 타고 나타나며, 암행어사로 위장해 각 읍 수령 중 탐관오리의 목을 벤 후 '가짜어사 홍길동이 임금께 아뢰는 글'을 써 놓았다. 임금께서 더욱 진노하며 말씀하셨다.

"이놈이 각 도를 다니며 못된 짓을 골라 하는데도, 아무도 못 잡으니 앞으로 이를 어찌하겠는가?"

삼정승과 육판서를 소집해 의논하는 동안에도 계속해서 장계가 올라왔다. 다 팔도에 홍길동이 출몰한다는 보고였다. 임금께서 차례로 보시고 크게 근심해 좌우를 돌아보며 물으셨다.

"사람이 아니라 귀신이 폐단을 일으키는 듯하다. 조정 신하 중 누가 그 근본을 알겠느냐?"

한 사람이 앞으로 나서며 아뢰었다.

"홍길동은 전임 이조판서 홍 아무개의 서자이고, 병조좌랑 홍인형의 배다른 동생입니다. 지금 그 부자를 잡아들여 친히 물어보시면 자연히 아실 것입니다."

임금께서 더 화를 내며,

"이런 말을 왜 이제야 하느냐?" 하시고 홍 아무개를 의금부에 잡아 가두게 한 후 홍인형을 직접 신문하셨다. 진노한 임금께서 책상을 치며 말씀하셨다.

"길동이라는 도적이 너의 배다른 동생이라는 말을 들었다. 어찌 길동이 못된 짓 하는 걸 막지 않고 내버려 두어 나라의 큰 근심 거리가 되게 했느냐? 네가 잡아들여라. 그러지 못하면 네 부자의 충효를 돌아보지 않을 것이니, 빨리 잡아서 이 조선에 큰 변고가 없게 하라."

인형이 두려워서 관을 벗고 이마가 땅에 닿도록 머리를 숙이며 말했다.

"신의 천한 동생이 일찍이 사람을 죽이고 도망간 지 수년이 지났으나 종적을 알지 못합니다. 신의 늙은 아비는 그 일로 중병을 앓아 생사의 고비에 이르렀습니다. 길동이 도리에 어긋난 막돼먹은 짓으로 전하께 근심을 끼쳤으니, 신의 죄는 만 번 죽어도 마땅합니다. 엎드려 바라건대 커다란 은혜를 베푸시어 제 아비의 죄를 용서하시고 집에 돌아가 병을 다스리게 해 주신다면, 신이 죽기를 각오하고 길동을 잡아 부자의 죄를 씻겠습니다."

감동한 임금께서 즉시 홍 아무개를 용서하시고 인형에게는 경상감사를 내리시며 말씀하셨다.

"경에게 감사 직책이 없으면 길동을 잡지 못할 것이다. 일 년을 줄 테니 빨리 잡아들이라."

인형이 성은에 거듭 감사하고 그날로 길을 떠났다. 경상감영에 도착해 길동을 달래는 방을 붙였다.

사람에겐 오륜이 으뜸이다. 오륜이 있어 인의예지가 분명한데 이를 알지 못하고 임금과 아버지의 명을 거역해 불충불효하면 어찌 세상이 용납하겠는가? 우리 동생 길동은 이를 잘 알 것이니 스스로 형을 찾아와 사로잡히라. 너 때문에 아버지는 뼛속까지 병이 드셨고, 임금께서 크게 근심하시니 네 죄가 크고도 크다. 내게 특별히 감사를 내리시고 너를 잡아들이라 하신 이유다. 만일 너를 잡지 못하면 우리 홍 씨 가문이 여러 대 동안 쌓아 올린 맑은 덕이 하루아침에 사라지니 어찌 슬프지 않겠는가? 바라건대 동생 길동은 이를 생각해 일찍 자수하라. 너의 죄도 가벼워지고, 우리 가문도 보존되리니. 아, 너는 만 번 생각해 스스로 나타나거라.

감사는 이 방을 각 읍에 붙이고 공무에서는 아예 손을 뗀 채 길동이 나타나기만 기다렸다.

하루는 나귀를 탄 한 소년이 하인 수십 명을 거느리고 관아의 문밖에 찾아와 뵙기를 청했다. 감사가 허락하자 소년은 마루 위에 올라와 절을 올렸다. 눈을 들어 자세히 보니 계속 기다리던 길동이었다. 놀랍고 기뻐서 주위를 물리친 후 길동의 손을 잡고 목이 메도록 흐느끼며 말했다.

"길동아, 네가 집을 나간 후로 살았는지 죽었는지 알지 못해 아버님의 병이 깊어지셨다. 너는 갈수록 불효할 뿐 아니라 나라의 큰 근심이 되었으니, 도대체 무슨 마음으로 그러는 것이며, 또 하필이면 도적이 되어 세상에 큰 죄를 짓고 있느냐? 이런 이유로 전하께서 진노하시며 나로 하여금 너를 잡아들이라 하셨으니, 이는 피하기 어려운 일이 되었다. 어서 서울로 가서 전하의 명을 순순히 받아라."

말을 마친 감사의 눈에서 눈물이 비 오듯 흘렀다. 길동이 머리를 숙이고 말했다.

"아버지와 형을 위태로운 처지에서 구하고자 왔으니 어찌 다른 말이 있겠습니까? 아, 대감께서 천한 길동에게 처음부터 아버지와 형을 아버지와 형이라 부르도록 하셨다면 어찌 이 지경에 이르렀겠습니까? 지난 일을 말해 보았자 쓸데없으니, 저를 묶어 서울로 보내십시오!"

길동의 말은 그것으로 끝이었다. 감사는 슬픔에 잠긴 마음으로 장계를 지은 후, 길동의 목에 칼을 씌우고 발에 족쇄를 채워 죄인을 나르는 수레에 실었다. 건장한 장교 십여 명을 뽑아 밤낮으로 쉬지 않고 부지런히 호송하게 했다. 길동의 재주를 익히 들었던 각 읍 백성이 그 소식을 듣고는 길을 가득 메우고 구경했다.

진짜 길동 찾기

그런데 이때 팔도에서 모두 길동을 잡아 올렸다. 조정과 백성은 누가 진짜 길동인지 알 도리가 없어서 다들 허둥댔다. 임금께서도 놀라 신하들을 모두 모으고 친히 신문하려 하셨다. 잡혀 온 여덟 길동이 자기들끼리 다투며 말했다.

"네가 진짜 길동이다. 나는 절대 아니다."

서로 싸우니 진짜 길동이 누구인지 도저히 분간할 수 없었다. 임금께서 기이하게 여겨 곧바로 홍 아무개를 불러 말씀하셨다.

"아들은 아버지가 제일 잘 알아보는 법, 저 여덟 중에서 경의 아들을 찾아내시오."

홍공이 놀랍고 두려워서 머리를 조아리고 죄를 청하며,

"신의 천한 아들 길동은 왼쪽 다리에 붉은 혈점이 있사오니 이것으로 알 수 있습니다" 하고 여덟 길동을 꾸짖었다.

"가까이에 임금이 계시고 아래에 네 아비가 있는데 이렇듯 천고에 없는 죄를 지었으니 죽기를 아까워하지 마라."

그러고는 갑자기 피를 토하며 몸을 가누지 못하고 기절했다. 깜짝 놀란 임금께서 의원을 불러 구하라 하셨으나 차도가 없었다. 여덟 길동이 이 광경을 보고 동시에 눈물을 흘리며 주머니에서 알약을 한 개씩 꺼내 홍공의 입에 넣었다. 홍공은 반나절 후에 정신을 차렸다.

여덟 길동이 임금께 아뢰었다.

"신의 아비가 나라의 은혜를 많이 입었는데 신이 어찌 감히 괘씸한 일을 벌이겠습니까? 신은 원래 천한 종의 소생이라 아비를 아비라 부르지 못했고 형을 형이라 부르지 못했습니다. 그 일이 평생의 한이 되어 집을 나와 도적 무리에 들어갔으나, 백성은 털끝 하나도 건드리지 않았고 각 읍 수령 중에 백성을 착취하고 괴롭히는 자의 재물만을 빼앗았습니다. 십 년 후에는 이 나라를 떠나서 갈 곳이 있으니, 전하께서는 근심하지 마시고 신을 잡으라는 명령을 거두소서."

말을 마친 여덟 길동이 동시에 넘어졌다. 자세히 보니 다 짚으로 된 허수아비였다. 임금께서 더욱 놀라시곤 진짜 길동을 잡으라는 공문을 다시 팔도에 내리셨다.

압송 작전

한편 허수아비를 없앤 길동은 두루 다니다가 사대문에 방을 붙였다.

> 요사스러운 신하 홍길동은 아무리 애써도 잡지 못합니다. 병조판서를 주시면 스스로 잡히겠습니다.

임금께서 그 방문을 보시고 조정 신하들을 모아 의논하셨다. 신하들이 말했다.

"잡으려던 도적을 잡지 못하고 도리어 병조판서로 임명하는 것은 절대로 안 됩니다."

이 말이 옳다고 여긴 임금께서는 그저 경상감사에게 길동 잡기를 재촉하셨다.

경상감사는 그 엄한 명령에 놀랍고 두려워 어찌할 바를 몰랐는데, 하루는 길동이 하늘에서 내려와 절하고 말했다.

"저는 진짜 길동입니다. 형님은 아무 염려 마시고 저를 묶어 서울로 보내십시오."

감사가 이 말을 듣고 손을 잡고 눈물을 흘리며 말했다.

"이 철없는 아이야! 너와 나는 형제이거늘 아버지와 형의 가르침을 듣지 않고 온 나라를 소란케 하니 어찌 애달프지 않겠느냐? 이제 진짜 몸으로 내게 와 잡혀가기를 원하니 참으로 기특하구나."

감사는 급히 길동의 왼쪽 다리를 살폈다. 정말로 붉은 혈점이 있었다. 곧바로 팔다리를 묶어 죄수를 실어 나르는 수레에 태웠다. 건장한 장교 수십을 가려 뽑아 철통같이 에워싸고 비바람같이 달려가는 동안, 길동의 얼굴빛은 조금도 변하지 않았다.

여러 날 걸려 서울에 도착했다. 대궐 문에 이르자 길동이 몸을 한 번 흔들어 움직였다. 굵은 쇠사슬이 끊어지고 수레가 부서지더니 길동이 하늘로 올라 표연히 구름과 안개에 묻혀 사라졌다. 장교와 군사들은 그저 넋을 잃고 하늘만 바라볼 따름이었다. 어쩔 수 없이 임금께 아뢰자 임금께서 들으시고,

"천고에 이런 일이 어디 있었겠는가?" 하며 몹시 근심하셨다.

신하 중 한 사람이 아뢰었다.

"병조판서를 한 번 하면 조선을 떠나겠다고 하니, 길동의 소원

을 들어주십시오. 분명 감사 인사를 드리러 올 것입니다. 그때를 틈타 잡으면 어떠하오리까.”

임금께서 옳게 여기셨다. 즉시 홍길동을 병조판서에 임명하고 사대문에 방을 붙이도록 했다.

이 소식을 들은 길동이 사모관대에 무소뿔 띠를 두르고 나타났다. 고위 관료들이 쓰는 높은 수레를 타고 큰길로 버젓이 들어오며 외쳤다.

“지금 홍 판서가 임금께 감사 인사 하러 온다.”

병조의 하급 관리들이 길동을 맞이하고 호위하며 궐 안으로 들어갈 때, 신하들이 모두 모여 의논했다.

“칼과 도끼로 무장한 군사를 매복시켰다가 길동이 감사 인사를 끝내고 나오면 곧바로 쳐 죽입시다.”

그들이 정한 약속이었다.

길동이 대궐 안으로 들어가 임금께 절하고 아뢰었다.

“소신의 죄가 깊고 무거운데 도리어 임금의 은혜를 입어 평생 한을 풀고 돌아갑니다. 전하 곁을 영원히 떠나겠습니다. 엎드려 바라건대 건강히 오래 사십시오.”

말을 마친 길동은 몸을 하늘로 솟구쳐 구름에 싸여 사라졌다. 그 누구도 간 곳을 알 수 없었다. 임금께서 보시고 도리어 탄식하셨다.

"길동의 신기한 재주는 일찍이 본 적이 없구나. 조선을 떠난다고 스스로 말했으니 다시는 문제를 일으키지 않을 것이다. 의심이 다 사라진 건 아니지만, 장부의 마음을 가졌기에 염려하지 않아도 좋으리라."

말씀을 마치신 임금께서는 팔도에 길동의 죄를 용서하는 문서를 내려 잡는 일을 거두셨다.

제도를 향해

길동은 소굴로 돌아와 도적들에게 명령했다.

"다녀올 곳이 있다. 너희는 아무 데도 출입하지 말고 내가 돌아오기를 기다려라."

즉시 몸을 솟구쳐 남경을 향해 가다가 한 곳에 다다르니, 이른바 율도국이었다. 사방을 살펴보았다. 산천이 수려하고 사람들이 많아 몸을 편안히 누일 만한 곳이었다. 남경을 구경한 후에 제도라는 섬으로 들어가 두루 다니며 산천도 구경하고, 인심도 살피다 오봉산에 이르렀다. 과연 천하제일의 강산이었다. 붉은 칠을 한 집이 칠백 리에 걸쳐 있었고, 들판이 무척 기름졌다. 길동이 마음속으로 생각했다.

'내 이미 조선을 떠났으니 이곳에 잠시 숨어 지내다가 큰일을 도모하리라.'

원래의 소굴로 훌쩍 돌아와 도적들에게 일렀다.

"그대들은 아무 날 양천 강변으로 가라. 배를 많이 만들어 몇 월 며칠에 한강에서 기다려라. 임금께 청해 벼 일천 석을 얻어 올 것이니, 약속을 어기면 안 된다."

한편 길동이 조용해지자 홍공은 병이 다 나았고, 임금 또한 근심 없이 지내셨다. 구월 보름께의 일이었다. 임금께서 달빛을 받으며 후원을 걸으시는데, 갑자기 한바탕 맑은 바람이 일어나고 하늘에서 청아한 옥피리 소리가 들렸다. 한 소년이 내려와 임금 앞에 엎드렸다. 임금께서 놀라서 물으셨다.

"신선계의 소년이 어찌 인간 세상에 왔으며 무슨 말을 하려 하는가?"

소년은 땅에 엎드려 아뢰었다.

"신은 전임 병조판서 홍길동입니다."

임금께서 놀라 다시 물으셨다.

"네 어찌 깊은 밤에 왔느냐?"

길동이 대답했다.

"전하를 받들어 만세 동안 모시려 했으나, 천한 종에게서 태어난 몸입니다. 문과에 급제해도 홍문관에 나아가지 못하고, 무과에 급제해도 선전관이 되지 못합니다. 이런 까닭에 마음을 정하지 못하고 사방팔방으로 돌아다녔습니다. 무뢰배들과 함께 관아를 습격하고 조정을 시끄럽게 한 것은 신의 이름을 드러내 전하께 알리고 싶어서였습니다. 임금의 은혜가 크고 크시어 신의 소원을 풀어 주셨으니 충성으로 섬겨야 마땅하나, 그러지 못해 전하께 하직하고 조선을 영원히 떠나려 합니다. 이제 그 길을 가오니, 벼 일천 석을 서강에 보내 주시면 전하의 성은으로 수천 명이 목숨을 보전할 것입니다.”

임금께서 즉시 허락하며 말씀하셨다.

“전에는 네 얼굴을 자세히 보지 못했다. 달빛 아래이긴 하나 얼굴을 들어 나를 보라.”

길동은 얼굴만 들고 눈은 뜨지 않았다. 임금께서 물으셨다.

“네 어찌 눈을 뜨지 않느냐?”

길동이 대답했다.

“신이 눈을 뜨면 전하께서 놀라실까 걱정이 됩니다.”

임금께서 보통 인물이 아님을 짐작하고 위로하시니, 길동이 은혜에 감사하고 다시 하늘로 솟구쳐 갔다. 임금께서 그 신기함을 일컬으시며, 날이 밝자 선혜청당상*에게 벼 일천 석을 서강 강변으로 운반하라 명령하셨다. 선혜청당상이 아무것도 모르고 명을 따르는데 갑자기 여러 사람이 큰 배를 대더니 벼를 싣고 가면서 말했다.

“전임 병조판서 홍길동이 임금의 은혜를 많이 입어 벼 일천 석

---

* 선혜청당상 대동법에 따라 거둔 쌀 등을 관리했던 선혜청의 관료

을 얻어 갑니다."

선혜청당상이 임금께 이유를 여쭈자 임금께서 웃으며 말씀하
셨다.

"길동은 신기한 사람이다. 그래서 내려 준 것이니라."

벼 일천 석을 얻은 길동은 삼천 명의 무리를 거느리고 조선을
떠났다. 큰 바다에 배를 띄워 남경 땅 제도로 들어가 수십만 채 집
을 짓고 농업에 힘썼으며, 재주를 배워 무기 창고를 세우고 군법을
가르쳤다. 원래부터 외지고 아늑한 곳이라 누구도 아는 사람이 없
었고, 재산도 풍족했다.

울동과 두 부인

하루는 길동이 사람들을 불러 말했다.

"망당산에 들어가 화살촉에 바를 약을 얻어 올 생각이다. 너희들은 그동안 길목을 잘 지켜라."

길동은 그날로 배를 띄워 망당산으로 향했다. 여러 날 걸려 낙천 땅에 도착하니 그곳에는 백룡이라는 큰 부자가 있었다. 일찍이 딸 하나를 두었는데 인물과 재주가 남달랐고, 학문에 능통하며 검술 또한 유명했다. 그 부모가 딸을 지극히 사랑해 천하의 영웅호걸이 아니면 사위로 삼지 않겠다고 말하며 두루 사윗감을 구했다.

그러던 어느 날 갑자기 바람과 구름이 크게 일어나고 하늘과 땅이 희미해지더니 백룡의 딸이 흔적도 없이 사라졌다. 슬픔에 빠진 백룡 부부가 많은 재물을 들여 사방으로 찾았으나 끝내 찾지 못했다. 부부는 밤낮으로 거리를 누비며 통곡했다.

"내 딸을 찾아만 주면 만금 재물을 주는 것은 물론이고 당장 사위로 삼겠소."

길동이 지나다가 이 말을 듣고 마음속으로 안타깝게 여겼으나, 어찌할 도리가 없어 망당산으로 가서 약을 캤다. 깊이, 더 깊이 들어가다 보니 어느덧 날이 저물었다. 어떻게 할까, 망설이던 중 사람 소리가 들리고 밝은 등불이 보였다. 다행스럽게 여겨 그곳으로 찾아가니 수많은 괴물이 무리를 지어 앉아 떠들고 있었다. 가만히 살펴보았다. 사람의 모양이나 짐승의 무리가 분명했다. 울동이라는 짐승으로, 여러 해 동안 산속에 살아서 변화가 무궁했다. 길동은 생각했다.

'내 두루 다녔어도 이 같은 괴물은 처음 본다. 저것들을 잡아 세상 사람들에게 보이리라.'

길동이 몸을 감추고 쏜 화살을 우두머리가 맞았다. 그것이 소리를 지르며 달아나기에, 따라가 잡으려다 멈추고 생각했다.

'밤이 깊었고 산이 험하니 지금은 잡기 어려울 것이다.'

길동은 큰 나무에 의지해 밤을 지내고, 날이 밝자 활과 화살을 감추어 보이지 않게 했다. 여기저기 다니며 약을 캐는데 괴물 두셋이 길동을 발견하고 놀라서 물었다.

"올라오기 쉽지 않은 곳이거늘 그대는 무슨 일로 여기까지 이르렀는가?"

길동이 대답했다.

"나는 의술을 아는 조선 사람으로 신선의 약을 찾으러 왔소. 우연히 그대들을 만났으니, 참으로 다행스럽습니다."

짐승이 듣고 크게 기뻐하며 길동을 자세히 보더니 말했다.

"나는 이 산속에 있은 지 오래되었소. 우리 대왕이 부인을 새로 맞아 지난밤 잔치를 벌였는데 불행히도 화살을 맞아 목숨이 왔다 갔다 하오. 신선의 약으로 우리 대왕을 살려 주시면 은혜를 크게 갚겠으니, 함께 처소로 가 상처를 보심이 어떻겠소?"

길동이 이 말을 듣고 짐작했다.

'지난밤에 내 화살을 맞고 다친 놈이겠군.'

짐승들과 함께 가며 보니 길에 흘린 피가 그 문까지 이르렀다. 짐승이 길동을 문 앞에 세우고 들어갔다가 잠시 후 다시 나와 함께 가기를 청했다. 길동이 안으로 들어가 보니 화려하게 칠을 한 집이 웅장했다. 그 가운데 흉악한 요괴가 의자에 기대 신음하고 있다가 길동을 보고 몸을 겨우 일으키면서 말했다.

"우연히 하늘에서 날아온 화살을 맞아 죽을 지경에 이르렀다. 부하의 말을 듣고 그대를 청했으니, 이는 하늘이 명의를 보내시어 나를 살리고자 함이라. 바라건대 그대는 재주를 아끼지 마라."

길동이 감사 인사를 한 후 거짓으로 말했다.

"상처를 보니 크게 다치지는 않았습니다. 먼저 먹는 약을 쓴 뒤 바르는 약을 쓰면 사흘 만에 다 나을 것이니 생각해 보시기 바랍니다."

요괴가 그 말을 곧이곧대로 듣고 크게 기뻐했다.

평소에도 알약을 갖고 다녔던 길동은 그중 독한 약을 찾아 작은 요괴에게 주며 말했다.

"이 약을 서둘러 갈아서 쓰시오."

모든 요괴가 무척 기뻐하며 곧바로 약을 갈아 따뜻한 물에 타서 먹었다. 잠시 후 요괴 대왕이 배를 두드리고 눈을 실룩이며 소리를 지르다가 두어 번 뛰어오르고 죽었다. 이 모습을 지켜본 작은 요괴들이 길동에게 덤벼들어 칼로 찌르며 말했다.

"너 같은 못된 도적놈을 베어 우리 대왕의 원수를 갚으리라."

요괴들이 한꺼번에 달려들었다. 길동이 혼자 당해 내지 못하고 하늘에 솟아올라 바람 신 풍백을 불러 큰바람을 일으키며 무수히 활을 쏘았다. 천 년 묵은 요괴들이 조화를 부린다고는 하나 어찌 길동의 신기한 술법을 당하겠는가? 한바탕 싸움으로 요괴를 다 죽이고, 요괴가 사는 곳으로 들어가 남은 요괴까지 모조리 죽였다.

그때 돌문 안에 있던 두 어린 여인이 죽으려 했다. 길동이 여자 요괴로 여기고 마저 죽이려 하자 한 여인이 울며 애걸했다.

"저희는 요괴가 아니고 사람입니다. 요괴에게 잡혀 온 뒤로 벗어나지 못해 죽으려 했는데, 천만다행으로 장군이 들어와 요괴를 다 죽여 없앴습니다. 살아서 고향에 돌아가게 해 주옵소서."

울면서 수없이 애걸하는 모습을 보니, 전에 길에서 들었던 딸 잃은 사람의 말이 생각났다. 혹시 그 여인인가 싶어 자세히 보았다. 꽃 같은 얼굴과 달 같은 모습이 과연 뛰어난 미인이었다. 그들에게 사는 곳을 물었다. 한 사람은 낙천현 백룡의 딸이었고, 또 한 사람은 조철의 딸이었다.

길동이 마음속으로 신기하게 여겨 즉시 그 여인들을 데리고 낙천현의 백룡을 찾아갔다. 벌어진 일들을 설명하고 여인을 보여 주었다. 백룡 부부와 딸은 서로 붙들고 정신없이 울었다. 조철 또한 딸을 만났다. 죽었던 자식을 본 것보다 더 반가워했다. 이날 백룡은 조철과 의논한 후 곧바로 일가친척을 모으고 큰 잔치를 열어 길동을 사위로 맞았다. 첫째 부인은 백 소저였고, 둘째 부인은 조 소저였다. 길동은 나이 이십이 넘도록 여인을 몰랐는데 하루아침에 두 부인을 얻고 두 집안 또한 즐거움을 얻었으니, 그들의 마음속에 굳게 맺힌 깊은 정은 비할 데가 없었다.

아버지의 초상

지낸 날이 오래되어, 길동은 원래 살던 제도로 돌아가기로 했다. 두 집의 재산과 친척들을 모두 거느리고 제도에 도착하자 사람들이 다들 반겼다. 부인의 처소를 따로 정하고 세월을 보내니 칠월보름께였다.

하루는 길동이 슬퍼하며 별의 움직임을 살핀 후 눈물을 흘렸다. 백 소저가 물었다.

"무슨 일로 슬퍼하십니까?"

길동이 탄식하며 말했다.

"나는 하늘과 땅이 용납하지 못할 불효자입니다. 원래 조선국홍 승상의 천한 종에게서 태어난 몸으로, 사람대접을 제대로 못 받는 것이 평생 한이었습니다. 장부의 뜻을 펼 길이 없기에 부모를 떠나 이곳에 몸을 의지했으나, 늘 하늘의 별을 보며 부모의 안부를 살폈지요. 그런데 아까 하늘을 보니 아버지의 병세가 위중해 오래지 않아 세상을 버리실 것입니다. 내 몸은 만 리 밖에 있어 때맞추어 갈 수 없기에 슬퍼하고 있었습니다."

백 소저는 그제야 길동의 사연을 알고 함께 슬퍼했다.

이튿날 길동은 월봉산에 올라가 넓은 땅을 구했다. 그날부터 일꾼들을 동원해 묏자리를 꾸미기 시작했는데, 석물과 무덤의 규모를 한 나라의 능처럼 갖추었다. 지략이 뛰어난 부하를 불러 큰 배한 척을 준비하되 조선의 서강 강변에 대라고 명령하고는, 곧바로 머리를 깎고 중으로 위장한 뒤 작은 배를 타고 조선으로 향했다.

한편 홍 판서는 길동이 멀리 떠나간 후로 평안하게 지냈으나, 나이 팔십에 갑자기 병을 얻어 점점 위중해졌다. 부인과 맏아들 인형을 불러 말했다.

"내 나이 팔십이다. 이제 죽어도 한이 없다. 다만 길동의 생사를 모르니 눈을 감기 힘들구나. 죽지 않았으면 반드시 찾아올 것이다. 부디 서자라 차별하지 말고 그 어미도 잘 대접하라."

말을 마친 후 숨을 거두었다. 받은 은혜가 크고 또 커서 법도를 잘 갖추어 초상을 극진히 치렀다. 그러나 장사 지낼 묏자리를 구하지 못해 안타까워하는데, 하루는 하인이 들어와 알렸다.

"중 하나가 찾아와서 조문하고자 합니다."

다들 이상하게 여기며 허락했다. 들어온 중이 큰 소리로 통곡하니 사람들이 서로 말을 주고받았다.

"상공이 친하게 지내던 중은 없었는데, 누구이기에 저토록 슬퍼하는가?"

잠시 후 길동이 상주가 머무는 곳으로 가서 다시 구슬피 통곡하다 말했다.

"형님은 어찌 동생을 몰라보십니까?"

상주가 자세히 보니 전에 문제를 일으켰던 서자 동생 길동이었다. 길동을 붙들고 통곡하며 말했다.

"이 무지한 아이야, 그동안 어디 있었느냐? 아버지 살아 계실 때 늘 너를 생각하시어, 임종 때 유언이 간절하셨다. 너 때문에 눈을 감지 못하겠다 하셨으니, 사람의 자식으로 어찌 견딜 수 있었겠느냐?"

인형은 길동의 손을 이끌고 내당에 들어가 부인을 뵙고, 초당에 있는 춘섬을 불러오게 했다. 길동과 춘섬 두 사람이 한바탕 통곡했다. 정신을 차린 춘섬이 길동의 모습을 보고 말했다.

"네 어찌 중이 되었느냐?"

길동이 대답했다.

"소자가 처음에는 마음을 잘못 먹고 문제를 일으키며 살았습니다. 아버지와 형이 화를 당하실까 염려해 조선 땅을 떠난 후로는 머리를 깎고 중이 되었고, 풍수지리를 배워 먹고살았습니다. 이제 아버지께서 세상을 버리셨음을 짐작하고 찾아왔으니, 어머니께서는 지나치게 슬퍼하지 마십시오."

부인과 춘섬이 이 말을 듣고 눈물을 닦으며 물었다.

"네가 풍수지리를 배웠으면 천하에 이름이 났을 것이니, 아버지를 위해 장사 지낼 묏자리를 구해 보라."

길동이 대답했다.

"소자가 넓은 땅을 얻기는 했으나 천 리 밖입니다. 상을 치르기 어려워 근심하고 있습니다."

좌랑 인형은 길동의 재주를 알면서도 한편으로는 허황히 여겼다. 그러나 효성이 지극함을 알기에 이 말을 듣고 크게 기뻐해 말했다.

"동생이 명당을 얻었다면 어찌 먼 거리를 근심하겠는가?"

길동이 말했다.

"형님의 말씀이 그러하시면 내일 발인하시지요. 제가 안장할 날까지 벌써 골라 놓고 묏자리를 만들고 있으니 형님은 염려하지 마십시오."

그리고 어머니 춘섬을 데려가겠다고 청하니, 부인과 좌랑이 마지못해 허락했다.

형제가 상여의 뒤를 따르고 춘섬과 함께 서강 강변에 이르렀다. 길동이 지시한 배가 이미 와서 기다리고 있었다. 일행이 모두 배에 올랐다. 한없이 넓고 큰 바다에 순풍이 불어 배가 화살처럼 빠르게 달렸다. 한 곳에 다다르니 사람들이 배 수십 척을 띄우고 길동이 도착하기를 바라고 있었다. 길동이 탄 배를 보고 반가워하며 좌우로 호위하는데, 그 형세가 장엄했다. 인형이 의아해하며 길동에게 물었다.

"이 어찌 된 일이냐?"

길동이 그제야 일어난 일들을 사실대로 알리며,

"감히 말씀드리면 기름진 땅이 천 리이고, 창고에 쌓인 곡식이 무수하며 두 처가의 재산 또한 풍족합니다. 배 수십 척 정도를 어찌 대단하다고 하겠습니까?" 하고 산 위로 올라갔다. 산봉우리가 빼어나고 산세가 장대했다. 한 곳에 다다르자 길동이 정해 놓은 자리를 가리켰다. 인형이 자세히 보니 묏자리의 맥은 무척 아름다우나 산소를 꾸며 놓은 격식이 마치 한 나라의 능 같았다. 무척 놀라 물었다.

"이 일이 어찌 된 일인가?"

길동이 대답했다.

"형님은 놀라지 마십시오."

길동은 시간에 맞추어 하관한 후, 승복을 상복으로 갈아입고 다시 슬퍼했다. 장례를 마치고 함께 길동의 처소로 돌아가니 백 씨와 조 씨가 일어나 시어머니와 시아주버니를 맞이했다. 비로소 예를 갖추어 인사를 올리니 인형과 춘섬이 반기며 길동의 재주에 탄복하고 칭찬했다.

이럭저럭 여러 날이 지났다. 길동이 형에게 말했다.

"아버지를 이곳에 모신 덕분에 대대로 장수와 재상이 이어질 것입니다. 이제 서둘러 고국으로 돌아가소서. 형님은 아버지 살아 계실 때 지극히 모셨으니, 저는 돌아가신 아버지를 위해 제사를 극진히 하겠습니다. 조금도 염려하지 마십시오. 이후 다시 만날 때가 있을 것이니, 오늘 길을 떠나 부인께서 기다리는 일이 없게 하소서."

인형이 옳게 여겨 떠나기로 했다. 길동은 이미 사람들에게 분부해 돌아갈 채비를 다 갖추어 놓았다. 인형은 출발한 지 여러 날 만에 본국에 도착했다. 부인을 뵙고 길동에게 있었던 일들과 넓은 땅을 얻어 안장한 사연을 말씀드리니, 부인 또한 신기하게 여겼다.

율도국 정복

한편, 아버지 산소를 제도에 모신 길동은 아침저녁으로 정성껏
제사를 지냈다. 사람들이 모두 탄복했다. 세월이 물같이 흘러 삼년
상을 마쳤다. 다시 영웅들을 모아 무예를 연마하며 농업에 힘쓰니
불과 몇 년 사이에 군대와 곡식이 모두 풍족해졌다. 바깥의 사람들
은 이 일을 전혀 알지 못했다.

이때 율도국이란 나라는 넓이가 수천 리에 이르렀고 사방이 막
혀 있어 견고하고 풍요로웠다. 길동이 매번 율도국에 뜻을 두어 왕
위를 뺏고자 했는데, 이제 삼년상을 마치고 기운이 활발해져 두려
울 게 없었다.

하루는 길동이 사람들을 불러 의논했다.

"내 처음 사방으로 마땅한 장소를 보러 다녔을 때 율도국에 뜻
을 두고 이곳에 머물렀다. 이제 자연스레 마음이 움직이니 때가 되
었음을 알겠다. 그대들이 나를 위해 군대를 동원하면 율도국 치는

것은 두려운 일이 아닐 터, 함께 큰일을 도모하지 않겠는가?"

　스스로 선봉에 선 길동은 마숙을 후군장으로 삼아 정예 군사 오만 명을 거느리고 날을 정해 군사를 일으켰다. 이때가 갑자년 음력 구월이었다. 길동이 대군을 지휘해 율도국 철봉산 아래에 다다르니, 철봉태수 김현충은 갑자기 나타난 군대와 말을 보고 무척 놀랐다. 왕에게 보고한 후 군대를 거느리고 나가서 싸웠다. 길동은 현충이 용맹해서 싸움이 길어질 것을 알고 잠시 장수들을 모아 의논했다.

　"우리가 이곳에 들어와 이미 무기와 말은 많이 얻었으나, 걱정되는 것은 군량이다. 오랫동안 적을 물리치지 못하면 큰일을 이루기 어렵다. 계교를 써서 철봉태수를 잡고 군량을 확보한 뒤 도성을 치면 쉽게 이기리라."

　길동은 장수들을 사방으로 보내 숨어 있게 한 뒤, 후군장 마숙에게 정예 군사 오천 명을 거느리고 나아가 싸움을 걸도록 했다. 태수 김현충이 나와 맞서 싸웠다. 마숙이 몇 번 겨루지도 않고 거짓으로 패한 척하며 본진으로 돌아오자, 현충이 뒤를 쫓아왔다. 길동이 하늘을 향해 주문을 외웠다. 오방신장*이 대군을 거느리고 나타나 현충을 에워쌌다. 동쪽에는 청제장군이, 남쪽에는 적제장군이, 서쪽에는 백제장군이, 북쪽에는 흑제장군이, 가운데에는 길

＊　오방신장　동서남북과 중앙의 방위를 지키는 다섯 명의 신

동이 황금 투구를 쓰고 큰 칼을 들고 거침없이 쳐들어갔다. 길동은 칼 한 번 제대로 부딪치기도 전에 현충이 탄 말을 찔러 엎어뜨린 후 큰 소리로 꾸짖었다.

"목숨이 아깝거든 기쁜 마음으로 항복해 하늘의 명에 따르라."

태수가 애걸하며 말했다.

"소장은 이미 잡힌 몸, 얼마 남지 않은 목숨을 구해 주십시오."

태수가 항복하자 길동은 결박을 풀어 주며 위로했다. 철봉성을 지키게 하고 군사를 거느려 도성으로 향했다. 도성을 공격하기 전, 율도 왕에게 항복을 권하는 문서 한 통을 보냈다.

> 의병장 홍길동이 율도 왕에게 전한다. 임금은 한 사람의 임금이 아니오, 천하 사람의 임금이다. 은나라 탕왕이 하나라 걸왕을 정벌하고, 주나라 무왕이 은나라 주왕을 친 것은 하늘의 이치로 자연스러운 일이라. 내 일찍이 군사를 일으켜 율도국을 쳤고 철봉성의 항복을 받아 물밀듯이 들어가니 지나는 곳마다 투항하지 않은 자가 없었다. 왕이 싸우고자 하면 맞서 싸우겠다. 아니면 일찌감치 항복해서 살기를 도모하라.

율도 왕이 끝까지 다 읽고 무척 놀라 말했다.

"우리나라는 철봉성을 굳게 믿고 지내 왔다. 이제 철봉성을 잃었으니 어찌 적을 감당하겠는가?"

왕은 스스로 목숨을 끊었다. 세자와 왕비도 따라서 목숨을 끊었다.

길동이 성안으로 들어가 백성을 위로하고 소와 양을 잡아 장수와 군사들에게 베풀었다. 왕위에 오르니 을축년 정월 이십팔일이었다.

여러 장수에게는 고루 벼슬을 내렸다. 마숙을 좌승상, 최철을 우승상으로 삼고 나머지 사람의 벼슬 또한 모두 올려 주었다. 김길은 순무안찰사를 맡아 율도국 삼백육십 주를 돌아다니며 관리하게 했다. 조정의 모든 관료가 일제히 천세를 부르며 인사를 드렸고, 백성은 길동의 덕을 칭송했다.

왕은 백 씨와 조 씨를 왕비로 봉하고 돌아가신 아버지를 현덕왕으로 추존했다. 어머니 춘섬은 대비로, 백룡과 조철은 부원군으로 봉했다. 아버지의 능호를 선능으로 한 뒤 선능에 올라 제문을 지어 제사를 지냈다. 부인 유 씨는 현덕왕비로 봉했으며, 환관과 가까이서 모시는 신하를 제도로 보내 대비와 왕비를 영접하도록 했다.

은혜를 갚다

길동이 왕위에 오른 지 삼 년, 온 나라가 태평해 사방에 일이 없었다. 왕의 은덕이 성군 탕왕에 비길 정도였다. 하루는 왕이 신하들을 다 모아 승리를 기념하는 잔치를 열었다. 왕은 대비를 모시고는 지난 일을 떠올렸다. 서글프게 한숨을 쉬고 탄식하며 말했다.

"소자가 집에 있을 때 자객의 손에 죽었다면 어찌 오늘날 이같이 되었겠습니까?"

왕의 눈물이 용포를 적시니, 대비와 왕비가 함께 슬퍼했다.

조회를 마친 왕이 백룡을 가까이 불러서 말했다.

"과인이 지금 왕위에 있으나 원래는 천하게 태어난 조선 사람으로 우연히 이렇게 된 것이니 참으로 과분한 일이다. 조선 임금께서 과인을 위해 벼 일천 석을 내려 주셨으니, 그 은혜가 넓고 큰 바다와 같다. 내 어찌 그 망극한 성덕을 잊겠는가? 경을 사신으로 삼아 감사 인사를 드릴 생각이다. 경은 수고를 아끼지 말고 수천 리

길, 무사히 다녀오기를 바라노라."

왕은 조선 임금께 올리는 표문을 지었다. 홍 씨 문중에 전할 편지를 함께 주고, 벼 일천 석을 큰 배에 실은 뒤 관군 수십 명에게 운반의 책임을 맡겼다. 백룡이 명령을 받들고 조정에서 물러 나와 곧바로 조선으로 향했다.

한편 길동에게 벼 일천 석을 주어 보내신 조선 임금께서는 십 년 가까이 아무런 소식이 없자 이상하게 여기셨다. 그러던 어느 날 율도 왕의 표문이 올라와, 놀라서 뜯어보니 내용은 이러했다.

전임 병조판서 율도국왕 신 홍길동이 조선국 성상께 머리 숙여 백 번 절하며 이 글을 올립니다. 신은 원래 천한 종의 소생으로 마음이 못되고 속이 좁아 성상의 고귀한 마음을 어지럽혔으니 이보다 더 큰 불충이 없습니다. 신의 아비 또한 천한 자식 때문에 병이 들었으니 이보다 더 큰 불효가 없습니다. 전하께서 이런 죄를 용서하시고 병 조판서에 벼 일천 석까지 내려 주시어 망극한 은혜를 갚을 길이 없 습니다. 신은 사방으로 떠돌다 자연히 군사를 모으게 되었는데 정예 군사만 수천이었습니다. 율도국에 들어가 한 번 북 쳐 나라를 얻고 외람되이 왕위에 올랐으니 평생의 한이 더는 없습니다. 성상의 큰 덕을 매일같이 우러러 그리워하다 드디어 벼 일천 석을 갚습니다. 엎드려 바라건대 성상께서는 신의 외람된 죄를 용서하시고 건강히 오래 사소서.

가족과의 재회

표문을 보신 임금은 처음엔 무척 놀라셨고, 나중엔 크게 칭찬하셨다. 즉시 홍인형을 불러 율도 왕의 표문을 보여 주시며 희한한 일이라 말씀하셨다. 인형은 참판 벼슬에 있었는데, 입궐하라는 임금의 명령을 받았을 때 마침 길동의 편지를 받고 놀라던 차였다. 인형이 엎드려 아뢰었다.

"신의 동생 길동이 타국에 가 귀하게 된 것은 성상의 큰 덕 때문입니다. 더 드릴 말씀은 없으나 돌아가신 아버지 산소를 율도국 근처에 썼으니, 전하께서 일 년 말미를 주시면 한번 다녀올까 하나이다."

임금께서 옳게 여겨 허락하신 후 인형을 율도국 위유사*로 삼으셨다. 인형이 하직 인사를 올리고 집으로 돌아와 임금 앞에서 했

---

* 위유사 　백성을 위로하려는 목적으로 보내는 관리

던 말들을 부인께 알렸다.

부인이 말했다.

"오늘 길동이 편지에 쓰길 나보고 다녀가라 하나 기력이 부족해 마음을 먹지 못했다. 네가 이제 성묘할 말미를 얻었다니 참으로 신통한 일이다. 나도 너와 함께 갈 것이니 어서 준비해라."

참판이 만류하지 못해 부인을 모시고 길을 나섰다. 석 달 만에 제도의 산천에 도착하니 율도 왕과 여러 왕비가 일찌감치 나와 있다가 맞이했다. 그 위엄 있는 모습이 아름다웠다. 인형과 부인이 산소에 올라 성묘를 마치고 돌아오자 궁궐 안에 큰 잔치가 열렸다. 각 읍 수령들이 비단을 드리며 천세를 불렀다. 백성들이 모두 즐거워했다.

여러 날 후, 유 씨 부인이 갑자기 약도 쓰기 어려운 병에 걸렸다. 부인이 탄식하며 말했다.

"만리타국에서 죽게 되었으니 한심하구나. 그저 네 아버지 산소 한 번 보고 고국에는 돌아가지 못하니, 슬프다! 하늘의 명을 어찌하겠느냐?"

부인이 죽자 궁중 사람들이 모두 그 크던 은혜를 생각하며 슬퍼했다. 형제는 격식을 갖추어 장례를 치렀다. 선능에 합장하고 밤낮으로 슬퍼했다. 몇 달 뒤 인형이 왕에게 말했다.

"못난 형이 이곳에 온 지 벌써 석 달이 지났다. 불행히 어머니께서 세상을 떠나셨으니, 그 은혜 갚을 길이 없게 된 것은 둘 다 마찬가지구나. 오래 머물지 못하고 이제 본국으로 돌아가려 한다. 마음이 무척 서운하나 더 머물 길 없으니 어진 동생은 건강히 지내라."

인형은 그날로 길을 떠나 여러 날 만에 조선에 도착했다. 궁궐에 들어가 임금께 인사 올리고 지난 일들을 아뢰었다. 임금 또한 모친상 당한 일을 슬프게 여기시고, 삼년상을 마친 후 곧바로 조정에 들어오라 당부하셨다.

한편 율도 왕이 형을 보내고 정사를 돌보는 중에 모친 대비 또한 병을 얻어 세상을 떠났다. 왕의 애통함은 이루 헤아릴 수 없을 정도였다. 예를 갖추어 선능에 안장하고 아침저녁 제사를 지극정성으로 지내니, 세상이 효행을 알기에 충분했다.

신선이 되다

세월이 물같이 흘러 삼 년이 지났다. 왕은 나랏일을 조금도 게을리하지 않았다. 태평하고 좋은 시절이 전설의 요순시대와 같았다.

왕이 일찍이 세 아들과 두 딸을 두었다. 큰아들의 이름은 헌으로 백 씨 소생이었다. 둘째의 이름은 창으로 조 씨 소생이며, 셋째 아들의 이름은 열로 궁녀의 소생이었고, 두 딸도 궁녀의 소생이었다. 아들 모두 외모와 말과 행동이 부모를 닮았다. 기골이 장대하고 문장과 글씨가 남다르니 한 시대의 뛰어난 인물들이었다. 왕이 아름답게 여겨 큰아들을 세자로 봉하고, 밑의 둘은 각각 군에 봉했다. 두 딸은 사위를 골라 혼인시켰다. 그 장엄함이 온 나라에 가득했고 그 위엄 있는 모습은 비길 데가 없었다.

왕위에 오른 지 삼십 년, 나이 칠십이 되었다. 왕은 세상에 머물 날이 오래지 않을 것임을 짐작하고 적송자의 자취를 찾고자 했다.

하루는 후원 영락전에 올라 광대와 풍악을 갖추고 비빈과 시녀를 모아 즐겼다. 아름다운 경치를 감상하며 노래를 만들어 불렀다.

세상사 생각하니 풀 끝에 맺힌 이슬

백 년을 살아도 이 또한 뜬구름

귀하고 천한 것도 때가 있어 다시 보기 어렵다

하늘과 땅 사이 정해진 운은 사람의 힘으로 어찌 못 하리라

슬프다!

소년 시절이 어제더니 오늘은 백발 됨을 어찌 알랴

안기생과 적송자 좇아 세상과 이별함이 옳겠구나!

왕이 두 왕비와 함께 종일 즐거워하는데, 갑자기 오색구름이 궁궐을 두르고 향냄새가 진동했다. 관을 쓰고 흰옷을 입은 백발노인이 지팡이를 짚고 누대 위로 오르며 공손하게 말했다.

"그대 인간 세상의 부귀와 영예와 치욕이 어떠하셨는가? 이제 우리 다시 모일 때가 되었으니 함께 가는 것이 어떠시오?"

노인이 지팡이로 난간을 치자, 천둥과 벼락이 천지에 진동하더니 왕과 두 왕비가 사라졌다. 세 아들과 모든 시녀가 어찌할 바를 몰랐다. 한바탕 통곡하다 빈 관을 갖추고 예로써 새 능을 정해 안장했다. 능의 이름은 형능이었다.

세자가 왕위를 이어받았다. 조정의 관료를 모두 불러 조회를 베푸니 신하들이 천세를 불렀다. 각 읍에 죄인을 용서하는 공문을 내려 백성을 위로하며 십 년간 세금을 줄이라 명령했다. 백성이 그 덕을 칭송했다. 왕은 친히 제문을 지어 선능에 제사를 올리고 신하들의 벼슬을 차례로 올려 주었다. 조정과 민간에 칭찬이 자자했으며 해마다 풍년이 들어 백성들은 태평한 세월을 즐기는 노래를 불렀다.

세월이 빠르게 흘렀다. 왕이 세 아들을 두었는데, 그들 또한 총명해 재주와 덕이 비할 데가 없었다. 뛰어난 이들이 이어지니 자손들도 대를 이어 태평성대를 누렸다.

자, 이것으로 이야기는 모두 끝났다.

《홍길동전》을
읽는 즐거움

김영희 해설

《홍길동전》은 '우리나라 최초의 한글소설'이라는 말로 수식되는 유명한 작품입니다. 조선 중기에 쓰였지요.

여러분이 《홍길동전》을 읽은 계기는 무엇인가요? 재미있고, 새롭고, 기기묘묘한 온갖 정보를 인터넷으로 접하는 21세기의 청소년들이 400여 년 전에 쓰인 소설을 읽는 이유에 대해 생각해 본 적이 있어요?

동서고금, 인간에겐
사이다가 필요한 법

저희 어머니께서는 5초 정도 고민하신 뒤 이렇게 답하셨습니다.

"나쁜 권력자들은 지금도 많잖아. 홍길동이 그런 사람들 혼내고 다니는 거 보면 통쾌하지 않나?"

《홍길동전》이 한글소설이라는 특성을 근거로 추론해 보자면, 이 작품의 독자들은 대체로 한문을 읽고 쓰지 못하는 계층이었을 것이라 짐작할 수 있습니다. 부패한 권력자의 횡포에 속수무책으로 시달리는 입장이었을 것이란 추측도 가능하지요. 소설 속에서나마 자신에게 고통을 주던 이들이 처벌받는 모습을 보니 얼마나 통쾌했을까요. 내가 못하는 것을 홍길동이 해 주고 있다, 게다가 너무나 시원하게!

수백 년이 흐른 지금도 사람들은 '사이다' 소재의 창작물에 열광합니다. 좋아하는 웹툰을 떠올려 봅시다. 여러분은 이른바 '일진물'을 즐겨 보지 않나요? 학교에서 겪게 되는 일상적 폭력을 소재로 삼은 작품들 말이에요. 내용은 각기 다르지만 폭언과 폭행, 무시, 따돌림 등으로 급우를 괴롭힌 일진은 반드시 처벌받는다는 점이 같지요. 악질일수록 더 강력한 벌을 받고요. 현실의 '나'가 등장인물을 응징하는 게 아닌데도 이런 작품을 보면 체증이 내려가고 속이 후련해지는 쾌감을 경험합니다. 이와 유사한 소재는 드라마나 영화에서도 쉽게 찾아볼 수 있어요.

악인이 벌을 받고 선인이 복을 받는 인과응보의 법칙이 적용되지 않는 세계를 꿈꾸는 사람은 없을 거예요. '사이다물'이 인기를 끄는 요인입니다. 현실이 정의롭지 않기에 부조리하지 않은 세계에 대한 소망을 품게 되는 것이지요.

씁쓸한 사실이긴 하지만 마냥 슬퍼할 일은 아닙니다. 애초에 완벽한 이상이라는 건 존재할 수 없으니까요. 이 문제 앞에서 무게두어 생각해야 할 바는 '이상적이지 않은 상황' 속에서 인간이 취하는 태도가 아닐까 합니다.

사람들이 지어낸 '사이다' 서사들의 특성을 들여다보면 '살고싶어서 만들었다'는 메시지를 강하게 받을 수 있습니다. 억울하고답답하고 화나는 세상이지만, 신이 나서 읽을 법한 작품을 지어 사람들과 나누고 그 과정에서 얻은 힘으로 남은 일상을 살아가려는의지가 느껴지지요. 영웅이 등장해 승리를 거두는 줄거리의 고전소설도 그렇습니다. 살기 위한 방법을 모색한 옛사람들의 분투, 이로써 스스로를 구원하려 했던 모습이 겹쳐 보입니다. 먼 과거부터현재까지 도도하게 이어지고 있는 '사이다물'의 명맥에서, 우리는과거의 사람들과 이어져 있다는 연결감을 느낄 수 있습니다.

혹자는 "아직까지도 현실의 고통을 잊기 위한 작품이 쓰인다는건 너무 슬프잖아요! 세상이 엉망진창이라는 의미니까"라고 말할지도 몰라요. 하지만 세상은 분명히 점진적으로 나아지고 있습니다. 홍길동이 했던 고민 중 하나인 적서 차별만 하더라도 21세기대한민국에는 존재하지 않지요.

부조리한 세계 속에서도 삶을 포기하지 않았던 사람들의 노력,그 노력들이 이어져 세상은 바뀌고 있습니다. 이 사실은 우리가 용기 내어 현재를 살게 합니다. 다음에 이 땅을 밟고 살게 될 사람들에게 조금 더 나은 세계를 물려주고 싶다는 다짐을 하게 만듭니다.

차별과 배제의 대상이
영웅이 되는 이야기

"그런 효용이라면 다른 작품을 보아도 되지 않나요?"

억압당하던 약자가 악한 강자에게 복수하는 것을 보는 쾌감이 목적이라면 여타의 웹툰이나 드라마 감상으로도 충분하지요. 하지만 홍길동은 단순히 힘없는 '약자'가 아닌 '타자'입니다.

타자란 구조적 차별과 배제의 대상이 되는 존재를 의미합니다. '내가 아니다/나와 다르다'는 점에서 이해와 존중을 받지 못하며 비정상으로 구분됩니다.

《홍길동전》에서 '정상'은 정실부인이 낳은 아들, 즉 적자嫡子입니다. 노비가 낳은 서자庶子 길동은 탄생과 동시에 기준을 충족하지 못하는 '비정상'으로 낙인찍히지요. 영웅의 자질이 있는 아이가 천한 몸에서 태어났으니 쓸데가 없다며 탄식하는 '홍 승상'의 모습을 통해, 우리는 정상과 비정상의 구분이 길동에게서 야망과 자아를 실현할 권리를 박탈하는 폭력임을 확인할 수 있습니다.

공고한 신분제 구조였던 조선 사회는 한 인간을 그가 가진 능력이나 생각, 인격을 근거로 판단하지 않았습니다. 서자라서 아버지를 아버지라 부를 수조차 없었던 길동은 조선 사회의 철저한 타자였습니다.

《홍길동전》의 멋짐은 '구조에서 배제되어 온' 주인공이 영웅이 되어 약자를 돕고 결국 자신이 꿈꾸던 세상을 실현한다는 데 있습니다. 율도국의 왕이 된 후 길동이 걸은 길에는 그가 품었던 이상이 제대로 녹아 있지요. 길동은 세 부인을 모두 '비'로 삼습니다. 조선에서 왕의 아내를 왕비와 후궁으로 구별해 각각 '비'와 '빈'으로 칭했다는 사실과 견주면 굉장한 파격입니다. 노비 출신인 '춘섬'을 대비로 추대하고, 도적이었던 '세 호걸' '김인수' 등을 국가 요직에 앉히는 율도국은 '어떤 피를 타고 났느냐'로 인간을 판단하지 않는 사회라는 걸 알 수 있어요.

타자화는 지금 우리 사회 속에도 너무나 자연스럽게, 공기처럼 존재합니다. 직접 해를 끼치지 않더라도 누군가를 '없는 존재'로 상정한 채 세상의 기본값으로 인정하지 않습니다. 이 자체가 차별이고 배제입니다. 장애인의 이동 편의를 생각하지 않고 설계된 건물, 디지털 기기 사용이 서투른 이들을 배려하지 않고 늘어나는 키오스크, 비수도권 소재 대학을 '지잡대'라 부르며 폄훼하는 일 등이 모두 포함됩니다.

타자화가 유해하고 무서운 까닭은 '정상' 집단이 '비정상' 집단을 향해 어떤 폭력적 행위를 하더라도 정당화되기 때문입니다. 서자라는 현실이 서러워 우는 길동에게 홍 승상이 보인 비정한 반응을 떠올려 보세요. 현대 한국 사회라면 상상할 수 없는 일이지만 당시엔 전혀 이상하지 않았다는 점이 놀랍습니다.

길동의 눈물이 겉옷을 적셨다. 공은 안타깝게 여겼으나 괜히 위로하면 마음이 방자해질까 두려워 크게 꾸짖었다.

"재상가 천한 노비의 소생이 너뿐인 것도 아닌데 왜 이리 방자하냐? 한 번 더 이런 말을 꺼내면 다시는 널 보지 않겠다."

타자를 배척하는 일에 쓰이는 기준들은 논리도, 근거도 없는 것이 대부분입니다. 길동의 능력은 정말 출중해요. 조선 사회를 쥐락펴락할 정도지요. 성장 과정에서 보인 언행, 주변 사람을 대하는 태도에서는 그가 유교 윤리를 충실히 실천하는 인물이라는 점을 알 수 있습니다. 신분이라는 결격 사유를 가리고 본다면 홍길동은 조선시대 최고의 엘리트입니다. 유교를 근간으로 하는 조선은 '뛰어난 능력으로 출세해 이름을 떨치며 효도하는 것(입신양명)'과 '임금-신하, 어버이-자식, 남편-아내, 어른-어린이, 친구-친구 사이의 윤리를 지키는 것(삼강오륜)'을 아주 강조하거든요. 길동은 모든 면에 부합하는 인물이지요. 하지만 조선은 길동이 자질을 선보일 기회를 주지 않아요.

그런 상황에서 스스로의 힘으로, 자기 앞을 가로막았던 벽을 없애고 새로운 세계를 창조해 내는 길동의 모습은 우리가 누군가를 타자화하는 납작한 기준들을 의심해 보는 동기가 됩니다. 사실은 내가 완전히 잘못 생각하고 있던 것이 아닌가, 무언가가 내 눈을 가리고 있는 것은 아닌가, 라는 생각을 시작하게 하지요.

지금 《홍길동전》을 읽는 일이 의미 있는 이유입니다.

야만적인 구조에 항거하는
인간의 품위 있는 대응

여러분이 홍길동이었다면, 힘을 자각했을 때 가장 먼저 무엇을 했을 것 같아요? 저라면 복수를 했을 거예요. 출신이 천하다며 나를 서럽게 한 세상을 향해 보란 듯이 힘을 휘두르는 거지요. 얼마나 짜릿할까요!

하지만 길동의 선택은 평범한 사람과 달랐습니다.

'천민 출신 어머니'에게서 태어난 '서자'로 부당한 대우를 받아 왔음에도, 길동은 신분제 사회와 가부장적 가족제도를 대표하는 왕과 아버지에게 도리를 다합니다. 율도 왕이 되어서도 임금에게 깍듯이 예를 갖추고 화려한 묘를 지어 홍 승상의 장례를 치르지요. 조선이 길동에게 준 고통과 수모를 떠올린다면 쉽지 않은 선택입니다. 심지어 그에게는 조선 사회를 뒤흔들 정도의 지략과 도술이 있는데 말이에요.

저는 길동의 행동을 구태와 야만으로 가득 찬 세계에 저항하는 품격 있는 인간의 대응이라고 해석했습니다.

세계를 진일보하게 하는 힘은 어디에 있을까요?

현대 사회는 분명 길동이 발 딛고 살던 조선보다 발전했습니다.

흔히 그 근거를 기술 성장에서 찾곤 하지만, 기술은 '배제되고 고립되는 존재가 줄어드는 것'에 이르기 위한 하나의 수단일 따름입니다. 이를테면 최근에는 스마트폰 앱을 활용해 음성을 문자로 쉽게 변환할 수 있습니다. 덕분에 청각 장애인들의 정보 접근성이 아주 높아졌지요. 이 기술이 소수 기득권의 삶을 증진하는 데만 기여했다면 '사회가 발전했다'고 말하기는 어려웠을 것입니다.

소설 속 세계는 길동을 통해 한 발짝 전진합니다. 그는 자기의 힘을 개인의 복수가 아닌 통합을 이루는 데 사용했고, 통합의 대상은 기득권이 아니라 배제되어 온 존재들이었습니다. 길동이 멋진 건 그가 자신에게 고통을 준 이들을 용서해서가 아닙니다. 복수에 쓸 힘을 더 많은 존재들이 드러나게 만드는 일에 옮겨 사용했기 때문이에요. 그래서 길동이 통치하는 율도국은 조선에 비해 발전한 사회가 됩니다.

길동이 조선을 떠난 뒤 휘하에 있던 인물들과 함께한 일들을 보세요. 율도국 정벌에 크게 기여한 '맹춘'과 '마숙'은 모두 도적 출신입니다. 길동은 이들을 꾸준히 훈련시켜 율도국의 선봉장이나 태수와 대등한 위치에서 무예를 뽐내는 실력자로 만듭니다. 재능을 마음껏 선보일 수 있는 판을 마련해 준 거예요. 결투에서 패배한 적의 결박을 풀어 주며 위로하는 장면 또한 인상적입니다. 현실의 전장에서 일어난 일이었다면 패자를 참수하거나 노비로 삼아 치욕적인 여생을 살게 했을 것입니다.

과거의 유산을 끊어 내고 실제로 작동하는 변화와 발전을 이루는 길동의 행보는 눈부시게 멋집니다. '사회의 진보는 상대에게 폭력과 상처를 되돌려 주는 것이 아니라, 나와 같이 존재를 인정받지 못했던 이들이 자신을 드러낼 수 있는 구조를 만들 때 실현되는 것'이란 믿음을 독자에게 주지요.

> 새 왕이 왕위에 오른 뒤 시절이 태평해 풍년이 이어졌고, 나라와 백성이 편안해 사방에 일이 없었다. 임금의 덕이 널리 퍼졌고 민심은 아름다웠다.

결말부에는 태평성대를 누리는 율도국의 모습이 그려집니다. 홍길동, 그리고 그와 함께한 사람들의 이야기에 주목해 읽으면 이 장면은 그저 먹고사는 데 걱정 없는 상태로만 해석되지 않아요.

'저 땅에 사는 사람들은 모두 자신의 존재를 존중받고 있다는 확신을 갖고 살 거야. 각자가 가진 사연은 숨겨야 할 것이 아닌 당당한 자산으로 인정될 테고. 그러니 저렇게 행복해 보이는 거겠지?'라는 기분 좋은 추측이 가능하지요.

여러분에게는 이 결말이 어떻게 읽히나요?

완전하지 못하다는 것

홍길동이 거둔 성취들은 애초에 그가 결핍을 안고 있는 유약한 인간이어서 가능했던 일이라 여겨지기도 합니다. 명망 있는 세도가의 적자로 태어났다면, 길동은 자신의 존재를 실현할 방안을 치열하게 고민하지 않았을 거예요. 율도국이라는 새로운 세계도 창조하지 못했겠지요. 아주 큰 확률로 자신만 주목하고 사랑하는 행복한 '개인'의 삶을 살다 세상을 떠났을 겁니다. 이런 삶을 별로라고 폄훼할 수는 없겠지만 길동에게 영향을 받은 존재의 수가 이렇게까지 거대하지 않았으리란 점은 확실해요. 그런 점에서 '결핍'은 인간의 시야와 보폭을 확장하는 훌륭한 기제가 됩니다.

어린 길동은 의외로 울보였습니다. 노비 소생이라는 신세를 한탄하며 아버지 앞에서 한 번, 어머니 앞에서 한 번 '통곡'합니다. 조선을 들었다 놓았다 하고 급기야 새로운 국가까지 세운 비범한 인물이, 부모 앞에서 소리 내어 우는 어린이였다는 게 무척 흥미롭고 재미있지요. 학교에서 배운 작품들을 떠올려 보세요. 영웅 서사 중 통곡까지 하며 우는 주인공이 나오는 작품은 흔치 않습니다. 《주몽신화》《박씨부인전》《임경업전》 등의 주인공은 어린 시절에도 담대했어요.

멋진 일을 한 사람이 처음부터 완전무결한 존재가 아니었다는 이 차별점은 꽤 매력적입니다. 완전무결하지 않은 나 자신도 무언가 멋진 일을 해 낼 수 있지 않을까 하는 작은 용기를 심어 주잖아요.《홍길동전》을 쓴 사람의 목표가 '세상을 더 낫게 만드는 것'이었다면, 이러한 인간적인 인물 설정은 아주 훌륭한 문학적 장치로 볼 수 있습니다. "저렇게 멋지다니!"라는 동경과 감탄으로 끝나지 않고, "그렇다면, 나도 할 수 있지 않을까?"라며 뭐라도 해 보고 싶어지는 실천의 씨앗을 가슴에 품게 하니까요.

세상에는 재미있고 의미 있는 매체들이 많습니다. 그중에서도 여러분이 긴 호흡으로 문학작품 한 편을, 그중에서도 고전소설을 읽었을 때 체험할 수 있는 즐거움에 대해 이야기해 보았습니다.

'사이다물'이라는 개념을 꺼내 출발했지만,《홍길동전》은 '타자'라는 존재에 대한 증언, 자신을 배척하는 구조를 향해 보일 수 있는 품격 있는 대응, 결핍과 유약함의 가치를 말한다는 점에서 '사이다물'을 뛰어넘는 매력을 갖습니다. 이 소설을 읽고 여러분의 마음이 움직여 '다른 고전도 읽어 볼까?'라는 생각이 인다면 정말 기쁠 것 같아요.

《홍길동전》은 마지막 문장까지 멋지답니다.

자, 이것으로 이야기는 모두 끝났다.

길동의 이야기는 모두 끝났으니, 이제 독자가 직접 자신의 이야기를 펼쳐 보라는 말처럼 들리지 않나요?

여러분이 만들어 나갈 각자의 이야기들이 기대가 됩니다.